ホワイ・ダニット

[illegible]理捜査官・楯岡絵麻

宝島社
文庫

宝島社

目次

ホワイ・ダニット　行動心理捜査官・楯岡絵麻

第一話

殺人動画にいいねとチャンネル登録お願いします

1

種田聡はスマートフォンの液晶画面に現れた通知に気づき「あっ」と声を上げた。

「どした？」

二人がけソファの隣で両膝を抱えるようにしながらゲーム機のコントローラーを握った明日花が、こちらを一瞥する。テレビ画面では彼女の分身である金髪の女剣士が、巨大なモンスターと対峙していた。

「〈はるみき〉、ライブ配信始まった」

「嘘」

「嘘じゃない。通知来てる」

種田はローテーブル上の、恋人のスマートフォンを手に取った。パスコードを互いの誕生日に設定しようと提案したのは、明日花だった。正直気乗りしなかったが、頑強に抵抗して後ろめたい事情があると思われるのも厄介だ。いまの種田にとって、明日花は同棲中の恋人であると同時に、欠かせない仕事のパートナーでもある。

四桁の数字をタップしてロックを解除し、恋人のスマートフォンを確認した。

――〈はるみきチャンネル〉、ライブ配信中！

　種田のスマートフォンに来たのと同じ通知があった。

「ほら。明日花のにも」

　液晶画面を向けたが「ちょっ。邪魔」と嫌そうに避けられた。モンスターの吐き出す火球を避けるのに精一杯で、それどころではないらしい。

「見ないの」

「サトシくん、お願い」

　またおれかよと、種田は内心で独りごちる。

　種田と明日花は、動画投稿サイトで〈サトシとアスカ〉というチャンネルを運営している。交際中の二人の日常を動画にして配信する、いわゆるカップルチャンネルというジャンルで、登録者数は十万人に達しようとしていた。種田はファミレスのキッチンでアルバイト、明日花はカーディーラーの正社員として働きながらの活動だが、動画投稿を本業にするという夢の生活も、そろそろ現実味を帯び始めている。

　ここまで来られたのは、間違いなく明日花のおかげだった。

〈サトシとアスカ〉という名前になってからはまだ一年ほどだが、チャンネルの開設自体はずっと前だった。以前は〈サトシちゃんねる〉という名前で、種田が一人で動画投稿を行っていた。おそらく現在のチャンネル視聴者のほとんどは、そのことを知らない。種田にとっても〈サトシちゃんねる〉時代は黒歴史化していて、当時の動画はすべて非公開にしていた。非公開にしようが誰も気づかないほど、再生数が少なかった。かつての自分を思い返すと、必死な様子が滑稽で我ながら哀れになる。どんなに身体を張っても再生数が伸びず、収益化の条件である登録者数千人という数字すら、遠い蜃気楼のように思えていた。

それなのに――だ。

いま、モコモコ素材のルームウェアでゲームに興じている彼女が動画に登場するようになって以来、見える景色が一変した。それまで三桁もいかなかった再生数が万単位になり、登録者も増え、あっという間に収益化の条件を満たしてしまった。一人でもがいていた苦闘の日々は、あの壮大な遠回りは、なんだったのだろう、意味があったのだろうかと、ときどき考える。

そんな経緯があるので、恋人の名前をチャンネル名に加えるのに躊躇はなかった。

彼女がいないとチャンネルは成立しない。ワンルームのユニットバスでスライム風呂に浸かり、大家に怒鳴りつけられたのに二桁しか再生されず、『いまどきスライム風呂ｗｗｗ』と嘲笑するコメントに落ち込んだ時代には戻りたくなかった。いまや種田は築二十年のワンルームから、埼玉とはいえ3ＬＤＫの新築マンションに住めるようになった。ぜったいにこの暮らしを手放したくない。

種田の考えはたぶん、明日花に見透かされている。彼女はだからこそ、多少のわがままも許されると踏んでいるふしがあった。種田のほうも、喉もとまでこみ上げた言葉を呑み込むことが増えた。

　登録者数が一万人を超えたあたりから、〈サトシとアスカ〉では積極的にコラボを実施してきた。カップルチャンネルを運営するほかの配信者たちと共同で動画を撮影するのだ。ネタ切れ対策になるし、登録者数も効率的に増やせる。

　だが良いことばかりでもない。かかわりのあるほかのチャンネルの動画を、マメにチェックしなければならなかった。『好きなことで、生きていく』という動画投稿サイトのキャッチコピーは、『好きなことだけで、生きていく』のと同義ではないのだと、最近よく考える。

　視聴者の立場になってみて思うが、ちょっと見てくれの良い若いカップルがいちゃつくだけの、どこがおもしろいのか。よくこんなチャンネルの動画が何十万、ときに何百万再生もされるものだ。

〈はるみきチャンネル〉とも何度かコラボしていた。相手は登録者数百三十万人を誇るカップル配信の先輩だ。こちらから見れば明らかに格上なので、コラボ「してもらった」という表現が正確かもしれない。

〈はるみき〉こと、椎名温大と吉永美貴の二人が暮らす練馬のアパートも訪ねたことがある。メゾネットの２ＬＤＫはおそらく吉永美貴の趣味だろう、パステルカラーの家具で統一されていた。

「どうしたんだろう、こんな時間に」

まだ昼の三時過ぎという時間だった。午後六時から九時までの時間帯に動画を投稿するのがもっとも再生されやすいといわれていて、〈サトシとアスカ〉でも、撮影・編集した動画を、いつも夜九時に予約投稿している。〈はるみきチャンネル〉も同じはずだった。ライブ配信だから通常の動画とは違うのだろうが、SNSで事前に予告されていたわけでもない。

ソファに身を預けながらポップアップをタップし、〈はるみきチャンネル〉の配信画面を開いた。液晶画面の上部三分の一に表示された映像を、スマートフォンを横向きにして大きくする。

種田は眉をひそめた。

「ハルトくん一人だ」

「ふうん」

恋人の上の空の相槌(あいづち)に、少しいらっとする。

画面に映っているのは、髪の毛をピンク色に染め、フード付きのパーカーを着た若い男だけだった。いつも隣にいるはずの、韓国アイドルを真似(まね)たハッシュカットとデニムジャケットがトレードマークの女はいない。

視聴者も同じことが気になっているらしく、画面右側のコメント欄には『ミキちゃんは？』という問いかけが並んでいる。

ってか、同時接続者数、もうすぐ千人超えるじゃないかよ。

人の少ない時間に予告なしのゲリラ配信。しかも配信開始から、まだせいぜい五分しか経っていない。

さすが登録者数百三十万人。コラボしてもらえたのは、つくづく幸運だった。この縁はこれからも大事にしないといけない。ちゃんとチェックしていたと知らせるために、頃合いを見てスパチャ付きのコメントでもしてみようか。

そんなことを考えつつ、種田は液晶画面を見つめた。

ハルトの視線がカメラではなく明後日の方角を見ているのは、視聴者のコメントを追っているのだろう。

『そう。今日は僕一人。ミキはいない』

いつもの動画の、意識的にトーンを上げたような声ではない。素の二十代成人男性の低い声だった。

「ハルトくん、元気ないな。どうしちゃったんだろう」

「そういうこともあるんじゃないの」

明日花はそう言うものの、ハルトが公の場でこういう神妙な顔をするのは、回転寿司店のレーン上の寿司をつまみ食いする動画をＳＮＳにアップして炎上したときの謝罪動画以来だった。あのときのハルトは似合わないスーツを着て、時間貸しのレンタルオフィスの白い壁を背にしていた。

『今日はみんなに話したいことがあって……カメラを回しています』

緊張で胃がきゅっと持ち上がる。心当たりがまったくないが、なにがきっかけで炎上するかわからない。理解できないような理由でバッシングに遭い、動画の更新が途絶えたり、収益化が剥がされたり、チャンネル自体削除することになった動画配信者をたくさん見てきた。

ハルトくん、なにかやらかしたんだ。

しかも、スーツを着る間もなく、人の少ない時間帯にライブ配信でカメラを回さなければいけないほどのことを。

だから一人なのか？　恋人を批判の矢面に立たせたくないとか、あるいは恋人が謝罪を拒否して逃げたとか。もしくは、悪いのはハルトだけで、ミキは関係ないことだとか。

とにかく、何度かコラボした以上、自分たちも同類と見なされる。こちらに火の粉が降りかかるような問題でないといいのだが。

種田は固唾を呑んで告白を待った。

　それなのに緊張を紛らわせるためなのか、ふんぎりがつかないのか、ハルトはなかなか本題に入らない。コメント欄を猛スピードで流れる視聴者からのコメントを気まぐれに拾って、返事をしている。多くはミキを心配し、その所在を訊ねるものだった。

『心配ないよ』

『ミキがいまどこにいるのかは知らないけど』

『友達と出かけてるんじゃないかな』

　話したいことってなんなんだ、なぜこんな時間に一人でライブ配信を始めたのか、という種田の気持ちを代弁したようなコメントも少なくなかったが、あえて無視しているに違いない。ハルトがたわいのない話をするだけの、不毛な時間が続いた。

　いい加減に焦れてきて、いっそコメント欄に書き込もうかと思ったが、告白の内容によっては炎上がこちらに飛び火する可能性もある。

「ミキちゃんのほうにＬＩＮＥでもしてみれば」

　明日花が種田の肩に顎を載せるようにしながら、スマートフォンを覗き込んできた。ゲームは終わったようだ。

「そ、そうだね。あ、でもおれのスマホは塞がってるから、明日香ちゃん、ミキちゃんにＬＩＮＥしてくれる？」

「いいよ」

明日香が自分のスマートフォンに手を伸ばしたとき、配信画面に動きがあった。

ハルトが後方を振り返っている。部屋の外からの物音に気づき、様子をうかがっているという雰囲気だ。コメント欄には『なに、いまの音？』とか『ミキちゃんが帰ってきた！』といった書き込みも見られるので、耳を澄ませていれば視聴者にもなにか聞こえたのかもしれない。

ミキが帰ってきたのだろうかと、種田も思った。

だがどうも様子がおかしい。ハルトは後方を見つめたまま、しきりに首をひねっている。視聴者も異変に気づいたらしく『もしかして幽霊？』と怯えたり、『泥棒が入ったんじゃないの』とひやかしたり、『戸締まり大丈夫？』と心配したりと、さまざまなコメントが書き込まれた。

『ちょっと待ってて。様子を見てくる』

ハルトがカメラ目線で告げて立ち上がり、画面から消えた。

「なあんだ」と、明日香があきれたように言う。「これ、ドッキリじゃん」

「そ、そうなのかな」

とてもそんなふうには見えなかったが。

「見え見えだよ。たぶんこの後、悲鳴が聞こえてくるよ」

明日香がしたり顔で顎をしゃくった、そのときだった。

『なんだ！　おまえは！　なんでここに……！』

ね、と得意げな横目を向けられたが、種田の不安は逆に膨らんだ。

だっていまのは悲鳴じゃない。怒声だ。

どすん、どすん。となにかが床に倒れたり、硬いものを叩きつけるような音が続く。

「え。これって……」

次第に不安が恐怖に塗り替えられる。本当にドッキリなのか。種田の脳裏には、床に倒れ込んだハルトに誰かが馬乗りになり、両手に持った大きな石を顔に振り下ろす映像が浮かんでいた。

音量を最大にする。

『お願いだ。助けて……』と命乞いするような声が聞こえて、全身が粟立った。

そして訪れる、完全な静寂。

『なになに？　なにが起こったの？』

『おぅい、ハルトくぅん！』

『これって警察に通報したほうがいいんじゃない？』

『そんなことしたら威力業務妨害になるよ。だってこれ、明らかにドッキリじゃん』

『こんなことまでして再生数を稼がないといけないなんて、はるみきもオワコンだな』

さまざまなコメントが画面を猛スピードで流れていく。

「やっぱりドッキリじゃん」

明日香が見つめているのは、視聴者数の数字のようだ。現時点で動画を視聴している人数――同時接続者数の数字が、見たことのない勢いで増えている。

そうか。ドッキリだったのか。

種田も安堵した。ただごとでない臨場感に戦慄したが、ドッキリだったのだ。この後、二人が登場してネタばらしをするのだろう。

さすがだ。おそらくドッキリとわかれば、不謹慎だと騒ぎ立てる人間もいる。もしかしたらネットニュースで取り上げられ、袋叩きに遭うかもしれない。

だが悪名でも名なのだ。無名よりははるかに意味がある。誰かに迷惑がかかったわけでもない。アンチが誹謗中傷めいた書き込みやダイレクトメッセージでも送ってくればしめたもの。『誹謗中傷されました。訴訟を検討しています』というタイトルの動画でも作れば、また金になる。

すごい。ここまで手の込んだことをする頭脳と度胸は、自分にはない。〈はるみきチャンネル〉、恐るべし。

種田はどこか胸のすく思いで、無人になったパステルカラーの部屋を見つめていた。

さあ、早く来い。『ドッキリ大成功』と書かれた看板を持って二人が画面に登場すれば、クライマックスだ。コメント欄は大荒れになる。もちろん多くは批判だろうが、極端なことをする人間には、擁護する人間が必ず現れる。自分にできないことをやってのける配信者への憧れ。種田も同じだった。再生数や登録者数のためにここまではできない。自分ができないことを、ハルトがやってのけた。

これは話題になるし、登録者数も相当増えるんじゃないか。

だがしばらく経っても、画面に動きはなかった。まるで静止画のように無人の部屋が映し出されている。

「明日香ちゃん。これ、本当にドッキリかな」

「それ以外に何があるって言うの」

恋人はつまらなそうに肩をすくめ、ふたたびコントローラーを手に取った。

2

「間違いありません。私がハルトくんを殺しました」

諦めを含んだ女の口調に、筒井道大（つついみちひろ）は全身の血流が速まるのを感じた。広い肩幅をいからせてさらに広くし、岩石を積み重ねたような四角い顔を突き出す。

「本当なのか」

感情を表に出さないように心がけるが、興奮を抑えられずに声がうわずる。

「本当です。間違いありません」

よし。自供を引き出した。

心の中でガッツポーズしながら右後方を振り返る。壁際でひょろりとした痩身を折り曲げるようにしてノートパソコンのディスプレイを覗き込んでいたスーツの男が顔を上げ、こちらを見た。スクエアフレームの眼鏡のつるをつまみながら、力強く頷く。

やりましたね。いまの言葉、たしかに聞きましたし、記録しました。

目顔でそう伝えてくるのは、綿貫慎吾。捜査一課の後輩で、筒井にとってつねに行動をともにする相棒でもある。今回の取り調べにも、記録係として同席していた。

練馬中央署の取調室。四方を灰色の壁に囲まれた圧迫感のある狭い空間で、筒井はデスクを挟んで女と向き合っている。

馬場尚美。三十二歳。殺人事件現場となった練馬区桜台のアパートから徒歩七分ほどのマンションの一室で、ネイルサロンを営んでいる女だった。肩までの黒髪に、各パーツが小作りな顔立ち。地味な印象とはいえ、こういう顔はそれなりに男からの需要がありそうなものなのに。

「なんでまたそんな真似を」

心からの呟きだった。誰でもいいということはないだろうが、せめて言い寄ってくる男の中から選べばよかったものを。

筒井はデスクの上にばらけた捜査資料を整理する。

「あんた、もしかして椎名さんと関係があったのか」

「関係？」

意味がわからないという訊き返し方に、激しい違和感を覚える。

「関係といえば、関係だよ」

両手の人差し指同士を絡め合わせてみせると、ようやく意味が伝わったらしい。だが反応は、筒井の予想とはまったく違うものだった。

「なにを言ってるんですか、あなた」

怒りと軽蔑のこもった口調だった。

「えっ」

あまりの剣幕に、自分の頬が引きつるのがわかる。

なんなんだいったい。なんでこんな眼で見られないといけないんだ。

事件が起こったのは、昨日の午後三時半ごろだった。

練馬区桜台にあるアパートに何者かが侵入、持参した刃物で住人の椎名温大をめった刺しにして殺害した。被害者の椎名は恋人の吉永美貴とともに〈はるみきチャンネル〉という名で動画配信を行う、若者の間では有名な存在だったらしい。人気動画配信者が殺害されたというニュースは、世間で大きな話題になっている。

事件が大きく報じられたのは、被害者の知名度だけが理由ではない。事件発生時、被害者は動画のライブ配信を行っていた。その途中で犯人が被害者宅に侵入し、物音に気づいた被害者が様子を見に部屋を出たところで事件は起こった。映像にこそ捉えられていないものの、殺害の瞬間と思われる音声が全世界に向けてライブ配信されることになったのだった。多くの視聴者はドッキリだと思ったようだが、いつまで経っても種明かしされず、また配信が切られることもなかったため、警察に通報が入り、現場に赴いた警察官が廊下に血まみれで横たわる被害者の遺体を発見することになる。

その後に臨場した所轄の刑事が、ノートパソコンのウェブカメラが録画状態になりっぱなしなのに気づき、慌ててパソコンの電源を落とした。この判断がまずかった。ライブ配信映像は、配信終了と同時にアーカイブとして視聴可能な状態になる設定がされていたため、映像が全世界に向けて配信され続けることになったのだった。警察は映像を削除するよう、サイトの運営会社に要請しているが、殺人の瞬間そのものが映されているわけではないためか、あるいは海外の会社だからだろうか、いまのところ視聴可能な状態が続いている。事件発覚からまだ二十四時間経っていないのに、アーカイブの再生数は三百万を超えたという。世の中には、他人の断末魔を聞いてみたいという悪趣味な人間がそんなにも存在するのかと、うんざりさせられる。

それはともかく、馬場尚美だ。

　事件発覚早々に彼女が捜査線上に浮かび上がったのは、彼女がこのところ〈はるみき〉につきまとっていたという証言が挙がったからだった。証言者の吉永美貴は、被害者と同棲中の恋人だった。吉永は事件発生当時、友人と新大久保に出かけていたようだ。友人からも飲食店の従業員からも、吉永のアリバイを裏付ける証言を得ている。警察は事件の特別捜査本部を設置したのとほぼ同じタイミングで、馬場を参考人として事情聴取することにしたのだった。

　取調官を買って出た筒井がこの部屋の扉を開いたのは、およそ二時間半前だった。

　馬場は当初、事件への関与を完全否定していた。被害者が殺された午後三時過ぎには、ネイルサロンで接客中だったという。だがアリバイを確認しようと客の名前を訊ねたところ、個人情報は提供できないと拒否された。そのまま膠着状態が続くかに思われたが、聞き込みに出ていた捜査員から、馬場のネイルサロンの入ったマンションの管理人が事件発生の少し前、馬場らしき人物がマンションから出ていくのを見たという新情報がもたらされる。これを受けて馬場の供述が二転三転するようになった。

　そして数分前、ついに犯行を認めたのだった。

　筒井は顔の中央にパーツを集め、強面を作った。

「椎名さんは、あんたになにもしていないっていうのか」

「幸せな時間をくれました。ただそれは、動画を通じてです」

「なら、なんで殺す必要がある」

まったく理解できない。

もう一度情報を整理してみようと、手もとの資料に目を落とした。

「あんたが椎名さんの住まいを知ったきっかけは、椎名さんの恋人である吉永さんが、あんたの経営するネイルサロンを客として訪れたことだった」

「そうです。私はもともと〈はるみき〉の大ファンでした」

「あんたは会員カード申込書に記入された個人情報を利用し、椎名さんにつきまとうようになる」

勝手に吉永をLINEの友達として登録したのを皮切りに、用もないのに電話をしたり、しまいには二人の住まいの周辺をうろつくようになったという。そろそろ警察に相談したほうがいいのではないかと二人が話し合っていた矢先に、犯行は起こった。

「つきまとうという表現は心外です。それに私は、ハルトくんだけに近づいたわけではありません。〈はるみき〉の二人が好きだったんです」

言いたいことがよくわからないが、被害者と肉体関係はなかったのだろう。

てっきり被害者がファンにちょっかいをかけたのかと思っていた。被害者にとってはほんの遊びでも、馬場にとっては本気だった。同棲中の吉永美貴と別れてくれるのを期待したが、そうはならずに自分のほうが切られた。だから殺した。自業自得と言うにはあまりに大きな代償だが、犯行に至る経緯としてはすんなり納得できるストーリー。しかし、馬場は違うと言っている。

「わからないな。二人が好きだったのに、なんで殺す。あんたが殺しちまったら、大好きな二人が見られなくなる」

「もう見られなくなっていた」

なにを言っている。筒井は訝しげに目を細める。

にわかに馬場の瞳が潤み始めた。

「二人が幸せでさえいてくれれば、それでよかったのに。ずっと幸せな様子を配信していてほしかったのに。ハルトくんが悪いんだよ。ハルトくんが、裏切るから……」

意味は理解できないが、言葉の端々から滲み出る狂気が、筒井の全身の産毛を逆立たせる。

「椎名さんは、あんたになにをした」

話の途中から、馬場はかぶりを振っていた。

「違う」

「なにが違う」

「私にじゃない、ミキちゃんに」

馬場は目を閉じ、肩を上下させてから続けた。

「二人はもう一緒に住んでいなかった。ハルトくんが浮気したせいで、ミキちゃんは家を出たの。ハルトくんが裏切ったせいで〈はるみき〉が壊れたの」

3

こんなことになんの意味があるのかね。外に出て聞き込みでもしたほうがよほどマシなんじゃ。

両手を広げて大きく口を開いたところで、「服務中」と鋭い声が飛んできた。西野圭介(にしのけいすけ)は出かかった欠伸(あくび)を懸命にかみ殺し、目に浮いた涙を拭う。

この人は背中にも目がついているのか。

内心で驚嘆しながら、隣で脚を組む女の横顔を眺めた。女はすらっとした肢体をパンツスーツで包み、脚を組んでノートパソコンのディスプレイに見入っている。

楯岡絵麻(たておかえま)。とてもそうは見えないが、捜査一課の取り調べにおける最終兵器として、これまで数々の難事件を解決に導いてきた敏腕刑事。

楯岡が瞬きするたびに長い睫(まつげ)が揺れ、真剣な顔つきがかすかな憂いを帯びる。芸術的な横顔だ。相変わらず見た目だけは整っている。

見た目だけは——。

「なに」

冷たい声が飛んできて、「なんでもないです」西野は背筋を伸ばした。

「あんたがいまなにを考えていたか、当ててあげようか」

「いや、けっこうです」

「いつまで同じ映像を繰り返し見ているんだ。自分たちも外に出て聞き込みでもしたほうが捜査は進展するんじゃないか」

「そんなことは……」

否定できない。

いま練馬中央署の大会議室に設置された捜査本部にいるのは、楯岡と西野の二人だけだった。長テーブルが並べられた広い部屋の隅で、二人は――いや、楯岡は、ノートパソコンのディスプレイを凝視している。

「どんな案配ですか」

楯岡の肩越しにノートパソコンのディスプレイを覗き込む。

ピンク色の髪をした若い男が、カメラに向かって話していた。殺された椎名温大が事件発生まで行っていたという、ライブ配信映像のアーカイブだった。

服務中に居眠りしそうになったのは、けっしてやる気がないわけではない。楯岡に付き合って繰り返し動画を見続けたせいで、完全に内容を記憶してしまったのだ。

次の瞬間に、椎名が発する言葉の内容まで、一字一句記憶している。

――ちょっと待ってて。様子を見てくる。

西野の脳内とシンクロするように画面内の椎名が唇を動かし、立ち上がって部屋を出ていく。

『なんだ！　おまえは！　なんでここに……！』

激しく争うような音。最初は物音だけかと思ったが、音量を上げて注意深く聴くと、うっ、という小さな呻き（うめ）きも交じっている。性別すら判断できないので、犯人が刃物を突き立てるときの声なのか、被害者が刃物で刺されたときの声なのかわからない。とにかく、日常生活ではまず聞かないような、ただならぬ空気感が伝わってくる物音だった。

渾然（こんぜん）とした音のかたまりの中で、最後の命乞いだけははっきりと聞き取れる。

『お願いだ。助けて……』

これは間違いなく男性の声。

殺された椎名温大の最期の声。

最初は痛ましさに瞑目（めいもく）したが、なにごとも慣れるものだ。詳細まで記憶したいまとなっては、睡魔にまで襲われる始末だった。

動画の再生を終えた楯岡が、ふたたびスライダーを始点まで移動させた。

「また見るんですか」

西野の声は届かない。楯岡は頬杖をついて前のめりになり、ディスプレイを見つめている。

あきれると同時に、さすがの執念だと敬意もこみ上げる。この人にとって、仕事は寝食を忘れて没頭する趣味なのだろう。コンピューターゲームにハマってつい夜更かししてしまうのと同じ感覚で、捜査に取り組んでいる。

被害者の無念を晴らしたい遺族にとっては、これほど心強い刑事もいない。

さすがエンマ様。

付き合わされる同僚にとっては、たまったものじゃないけど。ふたたびこみ上げてきた欠伸に、顔を歪めたそのときだった。

楯岡がこちらを見ていた。かたちの良い猫のような目が、西野を咎めるように細くなる。

「なにかわかったんですか」

真剣な顔つきを繕ってみたが、ひややかな目つきは変わらない。

「そろそろ相棒の替えどきかもしれないってことがわかった」

聞こえないふりをした。

「今回も僕と楯岡さんの鉄壁のコンビネーションで、なんとしても事件を解決しましようね」

しばらく頬に感じていた視線が、ふうというため息とともに逸れる。

楯岡がディスプレイに顔を向けた。

「たぶん……だけど、椎名温大は恋人と暮らしていない」

「本当ですか」

楯岡がディスプレイに顎をしゃくる。

「この映像、物音に気づいたときの椎名の表情には『驚き』と『恐怖』の感情しか見られない」

少し考えてから、先輩刑事の言わんとすることに気づいた。

「恋人と同棲しているのであれば、物音がしたときにはまず恋人が帰ってきたと思うはずですね」

楯岡が頷く。

「かりに関係が良好でなかったとしても、外出していた恋人が帰宅したと思えば、『嫌悪』などの感情が表出する。それなのに『驚き』と『恐怖』しか表れないのであれば――」

「物音を立てたのは侵入者だと、最初から決めつけている。つまり、恋人が帰ってくることはない」

「そういうこと」

「二人の関係はとっくに終わっていた……いや、待ってください。もともと付き合っていなかった可能性は──」

「それはない」と否定された。

「〈はるみきチャンネル〉の過去動画をざっと見てみたけど、三か月前までの動画では、たしかにパートナーへの好意が確認できた。ところがこの動画から……」

　楯岡がブラウザで動画投稿サイトを開いた。検索窓に『はるみきチャンネル』と入力し、チャンネルのトップページを開く。

　その瞬間、西野は目を見張った。

　整然と表示された動画のサムネイルには、すべてに再生済みを表す赤いアンダーラインが入っている。

「楯岡さん、このチャンネルのファンだったんですか」

　楯岡が頬杖をつき、深いため息をつく。

「そんなわけないでしょう。なんで私がこんな退屈なチャンネルを好きこのんで見るのよ」

「ですよね。若いカップルがいちゃついている動画を見るなんて、楯岡さんみたいな独り身の女性にはほとんど自傷行為……って、痛ててて！」

耳を引っ張られた。

「痛いな。なにするんですか」

「あんたが居眠りしてる間に早送りで見たの」

「へ？」ずっと睡魔と格闘しているつもりだったが、とっくに敗北していたらしい。

楯岡が鼻を鳴らしながら、サムネイルの一つをクリックする。

動画の再生が始まった。

『どうも！〈はるみきチャンネル〉ですっ』

ソファに寄り添って座る若い男女が、カメラを見つめている。男のほうの髪はピンク色だし、背景もパステルカラーで統一されているし、目がチカチカするような色使いだ。

『いやー、この前の〈サトシとアスカ〉とのコラボ動画でやった闇鍋ならぬ闇タコ焼き会、めっっっっちゃ楽しかったよね』

『ほんと楽しかったねー』

『チョコレートたこ焼きを食べたサトシくんの顔といったら……』

男が変顔をして、女が堪（こら）えきれないという感じに笑った。

「こんなの見て、どこが楽しいんですかね。企画もたいしたことないし、しゃべってる内容もそこらの大学生みたいだ」

率直な感想だった。友人知人ならともかく、見ず知らずの男女がたわいのない話をしていたところで興味も湧かない。

ところが楯岡からは「だからいいんじゃない」と意外な反応が返ってきた。

ついさっき、退屈なチャンネルと言ってたような気が。

「テレビで提供される完成されたコンテンツのほうが洗練されていて見やすいけど、洗練されているせいで視聴者に壁を感じさせる。その点、動画投稿サイトにアップされた素人の動画は、視聴者と地続きのように感じられて親しみを覚える。それこそ学校の友人が話しているような、その輪に参加しているかのような感覚になれる。自分と同じレベルの人間だから相手に自分を重ねて〈投影〉しやすいし、そうなると相手が幸せになってくれれば自分も幸せという〈同一視〉も起こる。テレビでタレントやお笑い芸人が、滑舌の良いしゃべり方で披露する起承転結のしっかりしたエピソードは、あくまで話芸に過ぎない。恋愛でも完璧すぎるより少し隙（すき）のある人のほうがモテる、って言いますもんね。だから僕はモテないんだ」

「なるほど。完璧すぎると壁を感じるし、相手を疲れさせる」

顎に手をあててキメ顔を作ると、凍り付きそうな冷笑を浴びせられた。

「あんたは完璧だからモテないんじゃなくて、なにもかも足りてないだけ」

「そういうこと言います？　僕いちおう婚約者がいるんですけど」

「だから琴莉ちゃんのこと大事にしなさい。あんたみたいな脳みそまで筋肉が詰まったような男を選んでくれる女の子なんて、もう二度と現れないんだから」

「失敬な。琴莉が僕を選んだんじゃなくて、僕が琴莉を選んだんです」

「あんた、また居眠りしてるの。寝言は寝てからにしてよ」

　本当にまた居眠りしてしまいそうだと思いながら、西野はあらためてディスプレイに目を向けた。

　笑顔で互いの顔を見つめ合いながら会話する若い男女。こちらが胸焼けするほど、熱々なカップルにしか見えない。

「話が逸れちゃったけど、三か月前のこの動画から、互いへの好意が消えている」

「本当ですか」疑わしげな口調になった。

「身体もお互いのほうを向いているし、視線も相手のほうを見ているし、肩に手を置いたり、膝に手を載せたり、ボディタッチも見られます」

　いずれも相手への好意を示すしぐさだ。もしも関係が冷え切っているとすれば、顔は相手を見ていても身体が明後日のほうを向いていたりするものだし、ボディタッチもほとんどなくなる。

「私と一緒にいて、それなりに知恵はついたのね」と、楯岡が感心したように唇をすぼめた。

「たしかに一見すると仲の良いカップルに見える。もちろん、それはこの二人がそう見えるよう懸命に演じてるからなんだけど。だけどそれでも、偽りの感情を完全に演じきるのは並大抵のことではない。たとえばこの男の子のほう……殺された椎名温大だけど、身体はたしかに彼女のほうを向いているけど、彼女に接していないほうの膝は、反対側にかたむいている。だからたぶん、画面に映っていない足のつま先はそっぽを向いている。それに視線が合っているようでいて、実は微妙にタイミングがずれている。彼が彼女の顔を見て、彼女が視線に気づいて彼のほうを見るんだけど、そのときには彼は視線を逸らしている。こういったタイミングのずれはよくあるけど、関係が良好な場合、それに気づいたら普通は視線を戻して目を合わせようとする。けれど彼はそうしていない。それに彼女が彼の肩に手を触れた瞬間、彼が一瞬だけびくっと身を震わせている。顔にも『嫌悪』の微細表情がはっきりと表れている」

さすが相手のしぐさから嘘を見抜く、泣く子も黙る『エンマ様』。少しは行動心理学の知識が身についたつもりでも、天性の並外れた洞察力にはかなわない。

「楯岡さんの話だと、男のほうの愛情が冷めたということでしょうか」

「断言はできない。一般的に女性のほうが感情を偽るのには長けているものだし、彼女のほうには『嫌悪』などのネガティブな感情は表れていないものの、特段に強い好意も見られないから、彼女が未練たらたらというわけでもなさそう。はっきりしているのは、男のほうはとっくに恋愛感情がなくなっているということ」

「ビジネスカップルか。二人で動画配信して収益を得ていると、別れたからってすぐにチャンネルを閉じるわけにもいかないから地獄ですね」

そこまで言って、西野ははっとした。

「吉永美貴は警察に嘘の証言をしたってことですよね。だってもう一緒に暮らしていないのに、事件発生時、友人と食事に『出かけていた』と言っているんです」

そのとき部屋の引き戸が開き、二人の男が入ってきた。肩幅の広い短軀が筒井、背の高い眼鏡が綿貫だ。

筒井は背もたれに両肘を載せ、椅子にたいして逆向きに座った。その後ろで、綿貫が仁王立ちになる。

「お疲れさまです」

西野が頭を下げると、筒井は鷹揚に手を振った。

「おう、お疲れ。相も変わらずまじない師のお守りをさせられて、おまえも大変だな。なあ、綿貫、たまには西野と替わってやれよ」

「嫌です。自分は終生、筒井さんの隣を離れません」

綿貫がきっぱりと宣言してくれて安心した。こっちとしても筒井とのペアなんて御免だ。

「落ちたみたいですね」

楯岡の言葉に、筒井はにんまりとした。

「さすがだな、エンマ様。おれのしぐさから内心を見抜いたか」

「西野だってわかります。おれの自慢話を聞いてくれって、顔に書いてあります」

いいえ、わかりませんでしたとは、とても言い出せる雰囲気ではない。

ふふん、と筒井は不敵に笑った。

「別に取り調べはおまえの専売特許ってわけじゃない。嘘をお見通しのエンマ様がいれば、被疑者を震え上がらせる鬼の筒井がいる。捜一に両雄並び立つってことでいいじゃないか」

「私は名誉が欲しくて仕事をしてるわけじゃないんで、捜一の代表は鬼に譲ります」

筒井が鼻を鳴らした。

「馬場尚美が自供したんですか」

西野の質問に答えたのは、綿貫だった。

「そうだ。被害者宅を訪ね、被害者をめった刺しにして殺害したと認めた」

「動機は？」

この質問は楯岡だ。

「それがおれにはいまいち理解できないんだが」と、筒井が耳に人差し指を突っ込んでほじる。

「被害者が裏切ったかららしい」

「裏切った？　なにをですか」

訊き返した西野のほうを、筒井が見る。

「ファンを、さ。おれとしては、馬場がカップルの男のほうに入れ込んでるんだとばかり思っていた。あるいは、ストーカー化するぐらいだから、男のほうが恋人に内緒でちょっかいかけたりした可能性もあるってな」

「違ったんですか」

楯岡の疑問に答えたのは、綿貫だった。

「馬場はあくまで〈はるみきチャンネル〉の二人のファンだったと言っています。被害者に殺意を抱いたのは、被害者が恋人を裏切って浮気したから。被害者の浮気が〈はるみき〉の関係を壊し、それがファンにたいする裏切りにつながったという主張です」

「わけわかんねえよな」と顔をしかめる筒井の声と「被害者は浮気をしてたんですか？」と問う西野の声が重なった。

「馬場はそう言ってる」

綿貫が頷く。

西野は楯岡を見た。

動画投稿サイトにアップされた過去動画を見ただけで二人の破局を言い当てた恐るべきエンマ様は、涼しい顔で頬杖をついている。

「とにかく馬場は落ちた。エンマ様の出る幕はない」

勝ち誇ったように歯を見せる筒井に、楯岡が訊いた。

「馬場は、どうやって被害者宅に侵入したんですか」

「恐ろしいことに、被害者宅の合鍵(あいかぎ)を作っていたらしい。いつでも被害者宅に出入りできる状況だったわけだ」

「どうやって合鍵を作ったんですか」

「あ？」

「合鍵なんて、そう簡単に作れませんよね。少なくともオリジナルが手もとにないと」

「それはこれから詰める」

「あと、椎名温大の浮気相手は誰ですか」

「ファンだとよ」

「名前は？」

「そこまでは訊いていない」

「訊いてください。あと、椎名が浮気した事実を知った経緯についても」

次第に顔を赤くしていた筒井が、ついに爆発した。

「なんでおまえに指図されないといけないんだ」

「指図じゃなくて、注文しているんです。鬼の筒井なら簡単ですよね」

「当たり前だ」

「椎名がライブ配信でなにを話そうとしていたかも」

「馬場には知るよしもないのでは」

綿貫が疑問を呈する。

「知っている可能性もある」

「あっ」と西野は声を上げた。「椎名を口止めしようとしたってことですか」

栖岡がこちらを一瞥し、綿貫に視線を戻した。

「馬場が被害者宅に侵入したのは、被害者が一人でライブ配信を始めたタイミングでした。被害者のやっていたカップルチャンネルのアーカイブを見ても、それまで一人で配信することはありませんでした」

「だから千載一遇のチャンスだと思ったというのが、馬場の主張です」と、綿貫は軽い咳払いをした。

「被害者を逆恨みしていた馬場は、虎視眈々と被害者殺害のチャンスをうかがっていました。合鍵は手もとにあり、いつでも被害者宅に侵入はできます。ですが、被害者からストーカーとして認識されている馬場には、慎重を期する必要がありました。被害者が確実に在宅しているときを見計らっていた際、タイミングよく被害者がライブ配信を開始したのです。しかも都合の良いことに、いつもは隣にいるはずの吉永美貴の姿がありません。馬場は被害者宅から徒歩七分の近所に住んでいて、自宅でネイルサロンを営んでいるため勤め人よりは時間に融通もつけやすい状況でした。ライブ配信が始まったとき、次の客が来店する予定時刻の間際でしたが、客にキャンセルの連絡を入れ、急いで被害者宅に向かったそうです」

どうだ、と挑むような筒井の目が、楯岡を捉える。この人もいつまで楯岡さんをライバル視するのだろう。まったく相手にされていないというのに。

楯岡が口を開いた。

「それはあくまで馬場の言い分よね」

「そうです」

「馬場がすべて真実を語っているとは限らない」

「いちいちケチつけて張り合ってくるな」

筒井が鼻に皺を寄せる。

「筒井さんと張り合うつもりはありません。率直に感じた疑問を口にしているだけです」

「それが……」

それが張り合ってるっていうんだ、とでも続けようとしたのだろうが、筒井はあふれ出ようとする言葉をシャットアウトするかのように、唇をぎゅっと曲げた。

「馬場は確実にやってる」

「やっていないとは言っていません。本当のことを話していない可能性があると、指摘しただけです」

熱くなる筒井と、あくまで冷静な楯岡。本当に対照的な二人だ。

「この期に及んで嘘をつくメリットがない。馬場の話した動機はじゅうぶんに身勝手なもので、情状酌量の余地もない。あるとすれば心神耗弱だが、それにしたって記憶や話しぶりもしっかりしている。罪からは逃れられないし、量刑を軽くできるとも到底思えない」

「目的は保身とは限りません」

楯岡の言葉に、筒井が片眉を持ち上げる。

「どういう意味だ」

「馬場は〈はるみき〉の狂信的なファンでした。いま話している動機ですら、普通の人間の行動原理とは大きくかけ離れています。自分のためではなく、〈はるみき〉の幻想を守るために犯行に及び、嘘の証言をしている可能性もありえます」

「〈はるみき〉のためって、それで片割れを殺しちゃ意味ないだろ」

筒井が鼻で笑う。

「馬場は動画配信者を偶像化し、理想的な幻想を作り上げています。その幻想を守るための行動と考えれば、片割れを殺害する行為も本人的にはけっしておかしな論理ではありません。幻想を守るために殺す。これ以上幻滅させられたくないから殺す。自分の手で物語に幕引きをする。たとえば、海外のロックスターが熱狂的なファンに殺された事例が、いくつかあります」

「ジョン・レノンもそうだ」

綿貫が眼鏡の奥で目を見開く。

「ビートルズ、のか」

筒井は少し自信なさげだ。

「ええ。レノンを殺害したマーク・チャップマンは、彼の大ファンだったといわれています」

「綿貫さん。ビートルズ好きなんですか」

西野は訊いた。

「学生時代、コピーバンドをやってた」

「へえっ。意外ですね」

「そうかな」と嬉(うれ)しそうに後頭部をかいている。

「ほかにも」と、楯岡は続ける。「ステージ上で演奏中に撃たれたギタリストのダイムバッグ・ダレルや、サイン会で撃たれた歌手のクリスティーナ・グリミーなんかもそう。どちらも犯人は、熱狂的なファンだった。殺害という加害行為と憎悪の感情は、必ずしも等号で結びつくわけではありません。大好きだから殺すという、常人にはとうてい理解できない行動原理は存在します」

「そうですね。いまの話でよくわかりました」

すっかりほだされて大げさに頷く綿貫を、筒井が苦々しげに見上げる。そして楯岡を見た。

「そんなことは、おまえに言われるまでもなく考えてた」

「だろうと思っていました」

楯岡が唇の片端を持ち上げる。

筒井が自分の膝をぱしんと叩き、立ち上がる。

「じゃあおれたちはそろそろ、取り調べに戻るとするか。犯行こそ認めたが、馬場の語っている内容がすべて真実とは限らない。お節介なやつに言われるまでもなく、そんなことはわかっていたがな。行くぞ、綿貫」

最後は吐き捨てるように言って、刑事部屋を出ていった。

「ぜったいわかってなかったくせに」

「まあ、いいんじゃないの。やることやってくれれば文句はない」

　楯岡が小さく笑いながら、椅子を引く。

「私たちも、吉永美貴に話を聞きに行くわよ」

「了解です」

　椅子の背もたれにかけたジャケットを慌ただしく羽織りながら、西野は楯岡の後を追った。

4

　吉永美貴に連絡したところ、池袋(いけぶくろ)にあるホテルのラウンジに来てほしいと言われた。あのような事件があった自宅にはとてもいられないので、しばらくホテルに滞在するつもりなのだという。

　電車で池袋まで移動し、指定されたホテルに入った。

　それなりに広くて席数のあるラウンジだったが、吉永美貴の姿はすぐに見つけることができた。平日の日中ということで客数が少ないのもあるが、目深(まぶか)にかぶったキャップと大きなサングラスという、カジュアルすぎて変装なのか気づいてほしいのか判断つきかねる格好が、周囲から浮き上がっている。

歩み寄る気配に気づき、吉永が顔を上げた。

「吉永美貴さんですか」

西野が警察手帳を提示する。

「はい」

「捜査一課の西野……彼女は楯岡」

サングラス越しにでも、絵麻を見る目が見開かれたのがわかる。

「お姉さんも刑事なの？」

信じられないという口調だった。

丸テーブルを囲むように絵麻と西野が着席した後も、吉永はしばらく遠慮のない視線を女性刑事に注いでいた。

「すごっ。こんな綺麗な刑事さんがいるなんて」

「こんなイケメンの刑事もいますよ」

「本当に綺麗。モデルさんみたい」

自分を指さしてのアピールを完全無視され、西野がふてくされている。

図らずも好印象を与えることに成功したのは都合が良いので、絵麻が主導して話を進めることにした。

「ありがとう。あなたもすごくかわいい」

「本当に？　お世辞でも嬉しい」

両手を頬にあてて恥じらっている。

「お世辞じゃないわ。私、嘘が嫌いだから」

ねえ、と意味深な横目で同意を求めると、西野が身体を前傾させるほど大きく頷いた。

「そうなの？　じゃあ、褒め言葉として素直に受け取っておこ」

無邪気に喜んでいる。

西野が姿勢を正し、あらたまった口調で頭を下げた。

「このたびはご愁傷さまです」

吉永が悲しみを思い出したように、軽く目を伏せる。

「ハルトくんがもういないなんて、本当に信じられない。ずっと一緒にいてくれると、それが当たり前のことだと思っていたのに」

にわかに空気が湿っぽくなる。

「本当に？」

絵麻の唐突な問いかけに、不思議そうに首をかしげるしぐさが返ってきた。

「本当に、ずっと一緒にいるつもりだったの？」

えっ、と声を漏らした後で、徐々に視線が落ちる。

やがて視線が戻ってきた。

「調べたの？」

「とっくに別れてたんでしょう」

「そうです」

観念したらしく、あっさりと認めた。

「嘘をついていてごめんなさい。動画ではまだ仲良しってことになってたし、実は別れていましたなんてことがわかったら、ファンをガッカリさせると思って……でも、別れても元彼だし、付き合ってた記憶がなくなるわけじゃないから、悲しいのは本当。本当の気持ち」

二人で過ごした思い出を慈しむように、吉永が胸の前で手を重ねる。

「もう一緒に住んでいなかったのよね」

「うん。要町に部屋を借りて、一人暮らしを始めてる」

「つまり、実際にはホテルに宿泊するまでもなく、事件の起こったアパートに帰ることはなかった」

それなのにわざわざホテルに宿泊し、別居を隠そうとした。

「ごめんなさい」

いかにもいまどきの物怖(ものお)じしない女の子という印象だったが、さすがにばつが悪そうに肩を窄(すぼ)めた。

「でも」と、吉永が顔を上げる。

「犯人はもう捕まったんだし、一緒に住んでいなかったことは表に出ないよね」

「犯人かどうかは、まだわからない」

「ぜったい犯人でしょう。あの女以外に考えられない」

「馬場尚美と面識があるのよね」

吉永は頷いた。

「あの女に家を知られたの、そもそも私のせいだし。ポストにあの女が経営してるネイルサロンのチラシが入ってて、初回半額って書いてあったから、行ってみることにした。それが……四か月ぐらい前かな。家からも近かったし。二回目から高くなるんだったら、一回だけ行ってあとは行かなければいいって思ってた。住所とか電話番号とかメアドとか書かされたけど、せいぜいDMとか送られてくるぐらいだと思ってたし、まさか家に来るとか予想できないじゃない」

「彼女はあなたの――というか、〈はるみき〉チャンネルのファンだった」

そう、と吉永が顎を引く。

「〈はるみきチャンネル〉のミキちゃんですよねって、最初からテンション高くて正直引いたけど、そういう人たまにいるから。ファンならもしかして、無料にしてくれたりとかあるかもしれないって、うっすら期待したし」

「半額からさらにサービスを期待したの？」

「だって、案件とかでただでいろいろもらえたり、サービス受けられたりするし」

「最初は普通に施術を受けて、終わった？」

「いろいろ質問してくるし、距離感バグってる感じしたからちょっと怖かったけど」

「その後、馬場が接触してきたのは？」

吉永が虚空を見上げる。

「次の日には、電話がかかってきた。昨日はご利用ありがとうございました的な。メールとかなら普通だけど、わざわざ電話かけてくるなんて珍しいじゃない。えらく丁寧なとこなんだな、そんなことより安くしてくれれば次も行くのになとか思いながら話を聞いてたら、今度一緒にご飯食べませんか的なことを言われて、さすがにドン引き。別に友達になりたいわけじゃないし、っていうか、目とかヤバいじゃない、あの女。なんかクスリでもやってんじゃないかっていうぐらい、つねに瞳孔開いてる感じ？　友達にはなりたくないっていうか。だから、今後はサービスされてもあのネイルサロンに行くのはやめとこって思った。でもしょっちゅう電話がかかってくるようになって、最初何回かは出たけどいい加減鬱陶しいと思うようになったから、シカトしてたの。そしたらある日、玄関がピンポンて鳴って、モニター見たらあの女が立ってた！　超怖くない？」

　ここまでの話に嘘はなさそうだ。身振り手振りを交えて話す吉永には、嘘を示すなだめ行動もマイクロジェスチャーも見当たらない。目が泳ぐ、瞬きの回数が増える、顔や首のあちこちを触る、貧乏ゆすりをする、顔色が悪くなる。嘘をつくときに生じる心理的なストレスは、さまざまなしぐさとなって表れる。

「その後、あなたたちカップルは関係が悪化してやがて別居に至るわけだけど……二人の関係が悪くなったのは、およそ三か月前よね？」

　吉永はぎょっとした顔で顎を引いた。

「どうしてわかるの」

　あえて種明かしはせずに話を進める。

「あなたが要町にマンションを借りて、家を出たのはいつのこと？」

「二週間前。前の部屋はハルトくんの名義で借りていたから、私が出るべきだと思って。でもすぐには次の部屋も見つからなくて、出るまでにちょっと時間がかかっちゃった」

「つまり二週間前から、椎名さんはあの家に一人で暮らしていた？」

「うん。そう」

「椎名さんの部屋の鍵はどうしたの。いまでも持ってる？」

「まさか」と、吉永は両手を広げた。

「部屋を出るときに返した。別れた後も勝手に出入りしてたら、ハルトくんに次の彼女が出来たりしたとき、気まずいし」

「あなたと別れた後で、椎名さんに次の相手はいたの？」

「いないと思う」

「話しにくいと思うけど、事件の真相につながるかもしれない大事なことだから訊くわね」

絵麻は前置きしてから質問した。

「付き合っているときに、椎名さんから浮気されたことは？」

「ない」

意表を突く返事だった。

「一度も？」

「ハルトくんは浮気なんかしないし。そんなことする人じゃない」

不審なため行動やマイクロジェスチャーは、いっさい見られない。

「浮気を疑って喧嘩になったりしたことも？」

「ない」これも即答だった。「別居するぐらいだから喧嘩はしたけど、ハルトくんの浮気とか、そういう理由じゃないし」

　どういうことだ。馬場尚美はなにをもって被害者が浮気をしたと思い込んだ。被害者の浮気が事実でないとすれば、すべてが馬場の妄想に過ぎなかったのだろうか。

「事件が起こったとき、椎名さんがライブ配信を行っていたのは？」

「もちろん知ってる。一人でライブ配信だなんて、そんなことなかったから驚いた」

「配信は見た？」

　吉永は頷いた。

「アーカイブで。見るのはしんどかったけど」

「椎名さんがなにを打ち明けようとしていたか、心当たりは？」

　どうかな、としばらく一点を見つめていた吉永が、やがて絵麻を見る。

「普通に考えたら、私たちがとっくに別れてる……ってことだと思う。お金のために仲が良いふりを続けるのを、ハルトくんは嫌がっていた。もともと嘘が苦手だし、視聴者を騙し続けるのはつらいって、よくこぼしてたから」

「椎名さんが真実を打ち明けたいと言っていたのに、あなたが止めていたの？」

「そう。二人の日常を動画配信するチャンネルではあるけど、ありのままの日常を配信する必要はないし。視聴者だって、仲良しな〈はるみき〉を見たいのであって、別れたことなんて知りたくないと思うから」

「若いのにずいぶん大人な考え方をするのね」

「見た目チャラいからバカだと思ったでしょう？　これでもけっこう考えてるんだから」

吉永はいたずらっぽく舌を出した。「でもハルトくんを追い詰めてしまったのなら、悪かったと思ってる。私に止められてたけど我慢できなくなって、一人でライブ配信して真実を打ち明けようとしていたんだよね。あの子、こういう仕事で食べていくには、生真面目すぎたのかもしれない」

「あなたは違うの？」

「私はしたたかだから。実家も貧乏だったし、両親とも折り合いが悪いから、一人で生きていく覚悟がある。でもハルトくんは、お金に余裕のある家庭でぬくぬく育てられた子だった」

「ちなみに」と、絵麻はスマートフォンを取り出し、動画投稿サイトの〈はるみきチャンネル〉のページを開いた。最新の動画はもちろん、事件発生時に被害者が行っていたライブ配信のアーカイブだ。実に五時間近くに及ぶ動画だが、再生数はすでに三百万に達しようとしていた。

「これ、うちの捜査員がパソコンの電源を落としたら、アーカイブに映像が残っちゃったみたいなんだけど、あなたのほうで削除するか非公開にできないかしら」

「それは無理。チャンネルを管理してたのはハルトくんだし、私じゃログインパスワードもわからない」

「そうだったの。ということは、現時点でかなりの再生数になってるけど、この動画の収益は誰が受け取るの？」

「それはたぶん、ハルトくんの家族」

「それって、少し理不尽よね。だってあのチャンネルの収益はあなたと椎名さん、二人で頑張ってきた結果なのに」

「そうだけど、しかたないよ。ハルトくんと結婚していたわけじゃないし、もう別れちゃったし」

そういう吉永に、なだめ行動はなかった。

その後もしばらく話を聞いて、ホテルを後にした。

駅に向かう道すがら絵麻が立ち止まり、数歩進んだ西野が振り返る。

「どうしました？」

「動機が見えない」

被害者が浮気した事実はなかった。かりにあったとしても、吉永美貴は知らなかった。ということは、二人の別れの原因は別に存在する。

西野が歩み寄ってきた。

「馬場が勝手にそう思い込んでたってことじゃないですか。別れの原因はほかにあった。それなのに、存在しない浮気のせいで二人が別れたと決めつけた馬場が、犯行に至った。被害者にはすごく気の毒ですけど」

「そうじゃない」

「へ？」

「私が見えないのは馬場の動機じゃない。吉永美貴の動機」

ぽかんとしていた西野が、大きな声を上げる。

「どど、どういうことですか。吉永が殺し……」

両手で自分の口を塞いだ後で、小声になって訊ねた。

「吉永が殺しに関与しているんですか」

「たぶん。被害者について語るときの吉永には『悲しみ』の感情が見えなかった。それどころか、かすかに『喜び』が覗いてすらいた。吉永は被害者が死んで喜んでいる」

「でも、すでに別れていたわけだから」

「別れたからって、元彼があんなかたちで殺されて喜ぶ？」

「でも楯岡さん、この前、マッチングアプリで会った男のこと、死んだほうが世のためって言ってましたよね」

「それはあの男がスペックを偽ったヤリ目男だったから」

どれか一つならともかく、年齢身長体型学歴職業年収、なにからなにまで嘘をつかれていたのだから毒づきたくもなる。なんのためのプロフィールなのか。マッチングしたときの、ついにとてつもない掘り出し物を見つけてしまった、この運命の出会いのために一人だったのだと鼻息を荒くした自分を殴ってやりたいし、マッチングに費やした時間やデートの準備のために使ったお金をすべて返してほしい。

嫌な思い出を振り切るように顔を左右に振った。

「それとこれとは話が違う。吉永にとって被害者は、一度は愛した男で、別れた後もビジネスパートナーとして欠かせない存在だった」

「マッチングして一回メシを食っただけの男とはぜんぜん違いますね」

「愛情は消えても友情みたいなものは残っているだろうし、破局したことを打ち明けたがっている被害者を止めていた」

「吉永にとって、破局したといっても被害者は不可欠な存在だった」

「そう」

「だから殺していないんじゃないですか」

「でも内心では、被害者を排除できて喜んでいる」

「楯岡さんがそう言うならそうなんでしょうけど、なんでまた？」

「そこがわからないんだってば」

「それにアリバイは鉄壁ですよね。事件当時、吉永は友人と食事に出かけていました。被害者と別居しているのを隠してはいましたが、アリバイ自体に疑義を挟む余地はありません」

「もちろん、吉永が実行犯だとは思っていない」

「あくまで実行犯は馬場で、吉永は教唆犯ってことですか」

「あるいは共同正犯」一呼吸置いて、絵麻は続けた。

「吉永が事件にかかわっているとすれば、そういうかたちだと思う。狂信的なファンであり、ストーカーである馬場は、吉永にとって使い勝手の良い駒だった。なにしろ呼び出せばいつだって動いてくれるし、〈はるみきチャンネル〉に自身を〈投影〉し〈同一視〉しているので、〈はるみき〉のためであれば法を犯すことにすら躊躇がない」

「でも動機がないんですよね。被害者の浮気も、どうやら馬場の妄想みたいだし」

「たぶんそこだと思う」と、人差し指を立てる。

「馬場の殺意のスイッチを入れるのにもっとも有効なのは、被害者が〈はるみき〉崩壊の原因を作ったと思い込ませること。おそらく、被害者が浮気していたという情報を馬場に吹き込んだのは、吉永」

「マジですか」

「崇拝するレベルのファンである吉永の言葉だから、疑うことなく信じたでしょうね。

馬場が自宅を訪ねてきた経緯の話にはなだめ行動がなかったから、ありのままを話している。それを受けて被害者は当然、馬場を警戒するようになったけれども、吉永は違った。自分のためになんでもしてくれそうな狂信的なファンを利用し、殺人を計画した」

「事実ならおそろしい話ですね。ストーカーですら利用するだなんて」

西野が自分を抱き、震え上がる。

「どっち一人ではなくあくまで〈はるみき〉というユニットのファンだといっても、自分を避けるメンバーと、やさしく接してくれるメンバーだったら、どうしても後者が贔屓になる。そもそも自分を避けるメンバーは話してもくれないわけだから、もたらされる情報は、やさしく接してくれるメンバーからの偏ったものになる」

「たとえ椎名が浮気しているという情報が根も葉もない嘘だったとしても、疑うことすらせずに受け入れちゃいますね。憧れのユニットのメンバーで、やさしくしてくれた神さまのような存在なんだから」

西野の言う通り、馬場にとって吉永美貴はまぎれもない神だったのだろう。

「とはいえ、問題は動機ですよ。チャンネルの管理は被害者が行っていて、動画の収益も被害者の口座に入る。被害者が死ねば、カップル動画配信者としての活動も滞ります。管理者が被害者ってことは、あるいは、吉永は〈はるみき〉のチャンネル自体使えなくなるんじゃないですか。今後も活動を続けるのなら、新しいチャンネルで一からやり直しになる……しかも椎名の浮気だって、馬場を操縦するための嘘ということならば、吉永にとって被害者を殺す理由やメリットがなにもないですよ」

「でもきっとなにかある」

「だとしても、どうやって攻めます？　馬場は自らの犯行を自供しています。楯岡さんの推理通りなら、吉永の指示や介在を認めさせるのは至難の業です」

「そこはほら、鬼に頑張ってもらうしかないわね。エンマ様の出る幕はないって啖呵切ったんだから」

　西野の顔にじんわりと笑みが広がった。

5

同僚に呼び出されて廊下に出た綿貫が戻ってくるまで、たっぷり十分近くかかった。

「なにやってたんだ」

　筒井は部下をどやしつける。取り調べ相手はひと回り以上年下の若い女だ。世間話で時間を潰そうにも共通の話題が見つからず、それでもあれこれ話題を振ってみたもののそっけなくされ、永遠に続くかのような気まずい時間を過ごすこととなった。

「すみません」と歩み寄ってきた綿貫が、耳打ちしてくる。内容は楯岡からの伝言だった。

できる限り表情に出さないように心がけたが、たぶんできていない。話を聞くうちに頬の筋肉が収縮するのが、自分でもわかった。

綿貫の気配が離れる。

筒井は視線を動かし、綿貫を見た。

以上です、という感じの頷きが返ってくる。

あの女、また面倒なことを言い出しやがって。どうしてもおれの取り調べにケチをつけたいらしい。

もっとも、本当に楯岡の言うような真相が隠されているのなら、看過するつもりはない。

筒井は咳払いで仕切り直した。

「あんたが、椎名温大を殺したんだよな」

馬場尚美がうんざりとしたため息をつく。

「何度同じことを言わせるんですか。私がハルトくんを殺しました。凶器も言った通りの場所から見つかったと、おっしゃってましたよね」

凶器の包丁を自宅マンションのドレッサーの引き出しに保管しているという供述を

受け、すぐさま捜査員が家宅捜索に向かった。その結果、供述通りの場所から血のついた包丁、そして押し入れからは返り血で汚れたとみられる衣類までもが発見された。

すでに逮捕状が請求されており、目の前の参考人が被疑者になるのも時間の問題だった。

「わかってる。あんたの犯行に疑いの余地はない。それでもおれが古い人間だからなのか、あんたの犯行動機が、何度聞いても理解できない」

筒井は軽く両手を広げてみせる。

「理解してもらおうとは思いません」

「そうは言っても、こっちも仕事でやってるから、上に伝わるような文章を報告書に書かなきゃならないんだ。疲れてるのはわかるが、もうちょっと付き合ってくれないか」

「どうしたって拒否はできませんよね。もう私は家にも帰れないんだから」

「悪いな」

顔の前で手刀を立て、デスクに置いた捜査資料を引き寄せる。

「カップル動画配信者として有名な〈はるみきチャンネル〉の大ファンだったあんたの経営するネイルサロンに、ある日、吉永美貴さんが客として訪れる」

「さっきも言いましたけど、それは偶然じゃないです。動画を見てだいたいの居住地がわかるものがあったので、横浜から練馬に引っ越してきました。そして業者に依頼して、近辺のお宅にチラシを六千枚、ポスティングしてもらったんです。すべては、いつかミキちゃんがお客さんとして来てくれるかもしれないと期待してのことです」

最初に聞いたときにはぞっとした。時代遅れと言われようが、自分の娘にはネットに個人情報の特定につながるようないっさいの情報を上げないよう、きつく言い含めよう。

「わかってる。努力が実ったんだよな。憧れの動画配信者が、ついに訪ねてきてくれた。そしてあんたはカルテに記入された個人情報をもとに、吉永さんに電話したり、自宅を訪ねたりするようになる」

「そうです」

「そのときの二人の反応は？」

「ミキちゃんに電話したときには、すごく感じよく対応してもらいました。ネイルを長持ちさせるのには毎日のケアが大事だから、いつでもいらしてくださいねって言ったら、わかりました、そのうち行きますって応えてくれたし、なんならご自宅まで出張してもかまいませんって申し出たら、笑ってくれたんです」

その反応を自宅に招かれたと解釈する神経が理解できない。はっきり拒絶すると角が立つから、笑って誤魔化そうとしているだけじゃないか。

馬場は恍惚(こうこつ)とした顔で虚空を見上げる。

「だから自宅を訪ねたのに、インターフォン越しにいきなりハルトくんから怒鳴りつけられて、心臓が止まるかと思いました。でもそんなことで、ハルトくんを嫌いになったりはしません。だって考えてみれば、ほかの女の人にもやさしかったら、ミキちゃんだって心配になるでしょう？　ミキちゃんにさえやさしくしてくれれば、それでいいんです。〈はるみき〉がいつまでも仲良く、幸せな様子を動画で配信さえしてくれれば、それでよかった」

忌まわしい記憶がよみがえってきたらしく、馬場の声が湿り気を帯びる。

「だけどそうはならなかった。椎名温大さんは、恋人を裏切った」

女が懸命に涙を堪えるかのように唇を噛(か)み、何度か頷いた。

「私だって、あんなことはしたくなかったんです。でも、ハルトくんが裏切るから……」

それが事実であったとしても、赤の他人から制裁を受ける道理などない。だが、これまで話していて感じたのは、この女が自分を〈はるみきチャンネル〉の一員か、あるいはスタッフのように錯覚しているふしがあるということだ。これが心理学用語で言う〈投影〉だとか〈同一視〉というものか。人間の心は本当にわからない。

「椎名さんの浮気は、どうやって知った」

　また同じ質問かという感じに肩をすくめるしぐさでいちおう抗議の意思を示し、馬場が口を開く。

「立ち聞きしたんです、二人のアパートを訪ねた何度目かのときに」

「インターフォンを押して椎名さんに追い返された後も、アパートを訪ねていた？」

「はい。うちのサロンに予約が入っていないときには、よく訪ねていました。ミキちゃんはネイルのケアに来るって約束してくれたのにいつまで経っても現れないから、どうしたのかな、よほど忙しいのか、体調でも悪いのかなと思って」

「でも、二度目以降はインターフォンを鳴らさなかった？」

「ええ。ミキちゃんはともかく、ハルトくんから歓迎されていないのはわかっていますから」

　なるほどなと、筒井は思う。

　椎名から歓迎されていないのはわかるのに、なぜ吉永のほうは違うと解釈するのか理解できなかったし、やはり頭がおかしいのだと寒気だった。

　だが違う。

　実際に吉永は、馬場を歓迎していた。

　それが楯岡の見解だった。

　楯岡によれば、殺害の実行犯は馬場で間違いないものの、教唆犯あるいは共同正犯として吉永が関係している可能性が高いという。カップル動画配信者の二人は、実際には三か月前に破局していた。そして、なんらかの事情で椎名の排除を目論んだ吉永が、ストーカーである馬場を利用した。

そんなバカなと、最初に耳にしたときには思った。だが、ほとんど〈はるみき〉を崇拝しているかのような馬場と実際に膝をつき合わせ、狂気じみた〈投影〉や〈同一視〉を肌で感じた筒井には、頭ごなしに否定することができなくなった。これほど〈はるみき〉に心酔していれば、まるで〈はるみき〉の一員であるかのように振る舞っている人間ならば、それぐらいはやりかねない。

吉永が馬場を操り、椎名を殺害させた。

そう考えることで、いくつかの小さな疑問も解消する。

たとえば、いま話題にしている、馬場が椎名の浮気を知った経緯だ。馬場はアパートの窓の近くで聞き耳を立て、二人の言い争いを盗み聞きしたと主張している。だが東京の住宅街でそれほど怪しい行動をとって、人目につかないでいられるのは難しい。吉永が直接馬場に話していたと考えれば頷ける。

「そうやって、あんたは椎名さんの浮気を知った。浮気相手はどんな女だ」

「ファンの女だそうです。最初に浮気が発覚した相手はカラオケボックスの店員だったけど、実はそれだけじゃなくていろんな女に手を出していたと聞きました」

　このように浮気相手の身元が明らかになっていないのにも、違和感があった。

　これほど執着の強い馬場の性格であれば、わずかな情報からでも浮気相手の素性を突き止めようとするはずだ。だが馬場はそれをせずに、椎名殺害に及んでいる。ただ立ち聞きした話の内容――おそらく不明瞭で聞き取れない部分もあったはずなのに、それを鵜呑みにしている。これも吉永から直接聞いた話であれば合点がいく。

「椎名さんの浮気癖を知ったあんたは、〈はるみき〉をぶち壊した彼に失望し、殺害を決意した」

「そうです。ミキちゃんをあんなふうに悲しませるのは許せません」

〈はるみき〉に自らを〈投影〉し、自分と〈同一視〉する馬場にとって、吉永のためというより、自分のための犯行だったのだろう。大好きな〈はるみき〉が楽しそうにしていれば、自分も楽しい。だがそれは裏返せば、〈はるみき〉を不幸にする人間は、自らをも不幸にしようとする脅威になる。共感はできないものの、心理学的な説明で理解することはできる。

「そんなとき、椎名さんが一人でライブ配信を開始した」

「ええ。通知設定していたので、スマートフォンに通知が来ました。アクセスしてみたらハルトくんが一人でライブ配信を行っていたので、いましかないと思い、急いで彼のアパートに向かいました」

「椎名さん宅には、合鍵で侵入したな」

「はい。私がインターフォンを鳴らしても、扉を開けてもらえないと思ったので」

「そうじゃなくて」と、手を振る。

「どうやって合鍵を作った」

「合鍵、いまでも持ってますよ。自宅の鍵と一緒にキーケースで持ち歩いています」

「そういう話をしているんじゃない。どうやってその合鍵を入手したのか、と訊いている」

極端な思考が極端な行動に結びつく。それについては理解できる。馬場が被害者宅の合鍵を手に入れようとするのは、彼女の思考からすれば当然の欲求だろう。だが現実問題として、他人の家の合鍵を作るのは簡単ではない。業者に持ち込むために一時的に持ち出すことに成功したとしても、本人に気づかれる可能性が高い。

「こっそり持ち出した鍵を業者に持ち込んで、気づかれないうちにお返ししました」

「どうやって持ち出した」

「たまたま玄関横の窓が開いていたんです。正確には、網戸は閉まっていたのですが」

「網戸を開けて侵入したのか」

想像するだけでぞっとする。

「いいえ。窓は私の胸の高さほどもあったので、侵入することはできませんでした。

ただ、窓のそばに棚があって、その上に鍵が置いてあったんです。網戸を開ければ手が届く距離でした」

「あんたは、網戸を開けて鍵を持ち出した」

「はい」

「網戸を開けたら、意外に大きな音がすると思うが」

「そのとき、ハルトくんは入浴中でした。風呂場の窓からシャワーの音が聞こえていたので、網戸を開け閉めしても気づかれないと思いました」

「ってことは、鍵を持ち出したのは夜」

「そうです。翌朝までに戻せば気づかれないと思いました。ハルトくん、お風呂に入るとすぐに寝るんです。部屋の電気が消えるのを、よく見てましたから」

　恐ろしい話だが、いちおうの筋は通る。これまでも馬場のこの話を鵜呑みにして、それ以上疑うことをしなかった。

　だが楯岡によれば、本当の問題はここからだった。

「あんたが自分で合鍵を作ったわけじゃないよな。当然、業者に持ち込むことになる」

「そうですね」

「どこの業者に持ち込んだ」

　馬場がわずかに動揺したように見えた。

「それは……言えません」

「なんでだよ。作製した合鍵が犯罪に使われたからって、目的を知らされていなければ、別に業者が罰せられるわけじゃない」

「はっきり覚えていないんです」

苦しすぎる言い訳に、思わず笑いがこみ上げた。

同時にエンマ様の推理が正しいことを確信し、顔が不自然に歪む。

「覚えていないなんてことはないだろう。合鍵なんか、そう頻繁に作るものじゃない」

腕組みをしながら顔を左右にかたむけ、コキコキと首を鳴らす。

「でも、覚えていないものは、覚えていないんです」

「店の名前まではわからなくても、だいたいの場所くらいわかるんじゃないか」

あきれながら後方に顔をひねり、右手を上げた。

「綿貫。例のやつ」

指先をくいくいと曲げて催促しても、綿貫はきょとんとしている。

「住宅地図だよ」

「え?」

意表を突かれた様子ながらも、綿貫は取調室を出ていき、住宅地図を持って戻ってきた。

大判の冊子を筒井の手に載せながら、しきりに首をひねっている。

ガラじゃないのは、おれだってわかってる。

楯岡の物真似みたいなことをするなんて、ヤキがまわったのかもしれないな。

ひそかに自嘲の息を漏らし、デスクの上で住宅地図を開いた。馬場の住まいがある練馬区桜台周辺が掲載されたページを探す。

見つかった。

馬場の住むマンションの上に人差し指を置く。楯岡ならばここからなだめ行動とやらを見極めながら真相を導き出すのだろうが、筒井にそんな芸当はできない。

「ここがあんたの家で……ここが被害者の家。こうやって見るとかなり近いな。で、あんたは被害者の家から鍵を持ち出した。だよな？」

「そうです」

不承ぶしょうという感じの、頷きが返ってくる。

「ここからもっとも近い鍵業者となると……最寄りの桜台にはなさそうだから、練馬駅近くかな……あったあった、駅前の〈ミスターロック〉、ここはたぶん合鍵を作れる店だよな」

「ディンプルキーなら十五分から三十分で作れるそうです」

店名を検索した綿貫が、ノートパソコンの画面に表示された情報を読み上げる。

「ここに持ち込んだのか」

「違います」

馬場はかぶりを振った。

「よく覚えていないのに、違うことだけはわかるのか」

からかい口調で言うと、鋭く睨みつけられた。

「練馬駅の前じゃないからです」

「じゃあどこだよ。本当は覚えてるんじゃないのか」

「覚えていません」

「なら、記憶を呼び戻す手助けをしてやる。お次は……ここかな。環七沿いにある大型ホームセンター。ここも合鍵を作れるよな」

素早くキーボードを叩く音に続いて、綿貫の「作れます」という声が飛んでくる。

「ここじゃないのか」

「違います」

その後も筒井は馬場の自宅から近い順に鍵業者を探しては、馬場に問いかけていった。

「いい加減にしてもらえませんか」

不毛なやりとりにしびれを切らしたように、馬場が声を尖らせる。

「そっちこそいい加減に教えてくれよ、どこで合鍵を作ったのか」

「だから、覚えてないんですってば」

「そんなわけがない。記憶喪失でもあるまいし。合鍵を作るなんて日常的に行うことじゃないし、ましてやあんたの崇拝する〈はるみき〉のアパートの鍵だぜ」

「覚えていないものは覚えていない――」

反論を無視して「それとも」と声をかぶせた。

「覚えてないんじゃなくて、本当は自分で合鍵を作っていない……っていうなら、納得できるが」

馬場の顔色が変わった。

また楯岡のやつに一杯食わされたか。

筒井は不敵な笑みで被疑者を見つめながら、ひそかに苦虫を嚙みつぶした。

6

マンションの扉を開いて刑事たちを出迎えたのは、髪の毛を緑色に染めた細面の男だった。

えっ、と虚を突かれた顔をする西野の横で、絵麻は警察手帳を提示する。

「お忙しいところすみません」

男は『驚き』と『喜び』を湛え、薄い唇をすぼめた。

「ミキちゃんの言った通りだ。刑事とは思えないぐらい、美人さん」

「ありがと」と、軽く口角を持ち上げ、絵麻は訊ねた。「吉永さんは？」

「楯岡さん、お疲れさまですー」

部屋の奥から女の声がした。

「撮影のためにメイクしてたんです」

男が自分の胸に手をあてる。

靴を脱いで部屋に上がり、男に案内されて廊下を進んだ。

突き当たりの扉を開けると、そこは二十畳近い広い空間だった。壁際に緑色の大きな布がT型スタンドで立てられており、それらを取り囲むようにカメラや照明などの機材が設置されている。

吉永美貴は部屋の最奥の片隅で、鏡に向かってメイクをしていた。訪問者を振り返り、愛想笑いを浮かべる。

「こんにちは」

要町駅近くにある、吉永のマンションだった。池袋も徒歩圏内という立地のタワーマンションの三階。椎名と暮らしていた練馬のアパートより、格段にランクアップした印象だ。

「メヒトくんのことは知ってます？」

吉永が緑色の髪の男を目で示す。

「いや」かぶりを振る刑事たちに、男が頭を下げた。

「はじめまして。逆剝け（さかむけ）ボーイズのメヒトです」

逆剝けボーイズというのは、自分が所属している動画配信グループの名前なのだろう。ようするに動画配信仲間らしい。

「家が近所だから、よく撮影の手伝いをしてもらってるんです」

「家がすぐそこなんですよ」

ね、という艶（つや）っぽい視線の交換で、たんなる「手伝い」でないことがわかった。

そういうことね。

ほくそ笑む絵麻をよそに、西野は物珍しげに部屋の中を見回している。

「すごいですね。家の中がスタジオみたいになってるんだ」

「編集まで自分でやってるの」

吉永の自慢に、西野が素直に反応する。

「本当ですか。そんなこと、自分でできるんですか。じゃあ、この前のあの動画も？」

「あの動画って、〈ミキちゃんねる〉の？」

「ええ。僕も見てみましたけど、すごいですよね。僕が見た時点で、五百万再生ぐらいでしたよ」

「いまは七百万ぐらいいってるんじゃない」

吉永がメヒトを見た。

「うん。七百五十万ぐらいだったね」

「なな、ひゃくごじゅうまん……」

西野が口をパクパクとさせる。

馬場の逮捕から十八日が経過していた。もうすぐ勾留期限も切れようかというタイミングで、絵麻たちは吉永に接触することにした。捜査の進捗報告という口実でアポイントを取っている。

吉永は新たに動画投稿サイトのアカウントを取得し、単独でチャンネルの運営を開始した。数日前にアップされた初回の投稿動画では事件についてまったく触れていないにもかかわらず、マスコミでも大きく報道されている。チャンネル開設数日で、〈はるみき〉時代の登録者数を大きく上回る勢いだった。

「簡単な動画編集なら、いまはアプリでできるよ。スマホ一台あれば。西野さんもやってみれば?」

「ちょっとやってみようかな。もし大バズりしてインフルエンサーになっちゃったら、どうしよう」

　目を輝かせる西野に、絵麻は冷笑を浴びせた。

「バズるどころか炎上してメンタルやられるのが関の山でしょ」

「そうですかね」

「わからないよ」と、吉永は言った。

「誰にだって人気者になれるチャンスがあるもの。すごく夢のある世界だと思う」

　ね、とまたも艶っぽい目配せを挟み、続ける。

「でもメンタルやられるかもしれないっていうのは、めっちゃわかる。自分が誰かわからないからって、コメント欄にすんごい酷い悪口書かれることなんてしょっちゅうだし」

「ぜーんぶ開示請求しちゃえばいいんだよ」

　メヒトの意見に、吉永が大いに頷きながら熱弁を振るう。

「マジでそう。どいつもこいつもぜんぶ訴えてやろうかなって思う。でも、誹謗中傷か微妙なラインのコメントも多いし、そもそもムカつくコメントの数が多すぎてこっちの時間が削られちゃうんだよね。だから放っておくのがいちばんってことになっちゃう。気持ち的には、ぜんぶ訴えて人生終わらせてやりたいんだけど」

「インフルエンサーってそんなに誹謗中傷されるんですか」

すでに頭の中で誹謗中傷されているのか、西野が情けない顔で眉を下げた。

「ほとんどはまともなコメントだし、楽しいことのほうが多いけどね。でも、メンタルは強くないとやってられないかも。っていうか、やってくうちにメンタルが鍛えられたのかもしれない」

吉永は立ち上がり、刑事たちのもとに歩み寄ってきた。

「それで、今日はどんな話？　あの女がなにか変なこと言った？」

「気になる？」

絵麻は挑発的に唇の片端をつり上げた。

「もちろん気になるよ。私の大事な人を奪った女が、なにを語っているのか」

肩をすくめる吉永の顔には、かすかな『恐怖』が浮かんでいる。

虚勢だ。

「西野」

絵麻が視線で合図し、西野がスマートフォンを取り出した。液晶画面を吉永に見せる。

「なにこれ」

吉永は液晶画面から、視線を絵麻に移した。

「ネットで注文できる鍵業者の伝票」

吉永の見開かれた目の中で、瞳孔が収縮するのがはっきりわかった。

「いまってすごい便利なのよね。ネットで合鍵の注文ができるなんて知らなかった。てっきり近所の鍵業者に頼んだとばかり思っていたから、あなたの注文履歴を見つけるのにすごく時間がかかっちゃった。その伝票によれば、二か月前にあなたからの注文が入り、一か月前には発送されている。あなたは二人で暮らした部屋を出る際、椎名さんに鍵を返しているけど、実際にはその前に合鍵を作製し、持ち出していた」

「え。どういうこと？　合鍵がどうしたの？」

吉永と刑事たちの間で視線を彷徨わせるメヒトの様子を見る限り、この男が共犯という可能性はなさそうだ。

小刻みに唇を震わせていた吉永だったが、開き直ることに決めたらしい。

「それがどうしたの」

「なんで椎名さんを殺したの？　いや、馬場を操って椎名さんを殺させたの？」

顔面蒼白になったメヒトが、吉永から遠ざかるように何歩か後ずさる。そのときにカメラの三脚に足を引っかけ、三脚ごと派手な音を立てて転倒した。

「あなたは馬場に、椎名さんが浮気した、そのせいで別居することになったという嘘を伝え、椎名さんへの憎悪を煽った。馬場が立ち聞きしていることを予想して、椎名さんに喧嘩もふっかけたりしたかもしれない。怒りに燃える馬場は、椎名さんの殺害を提案する。あなたにとっては望み通りの展開だけど、もちろんそれを表に出すことはない。そんなことをしてはいけない、あるいは、そんなことはできないと尻込みしてみせる。だが馬場は、あくまで自分のための犯行計画であり、けっしてあなたには迷惑をかけない、逮捕されてもあなたの名前を出さないなどと言い、犯行の意志を固めた。あなたは自分のために殺人まで犯そうという狂信的なファンのため、部屋の合鍵を作って渡した。自分の意志で犯行に及んでいると思っているのは馬場だけで、実際には、あなたの意のままに操られているだけなんだけど」

「この伝票を見せられた馬場は、犯行の際に使用した合鍵が、あなたから受け取ったものだと認めました」

西野がスマートフォンを懐にしまう。

「嘘に決まってるじゃない。あんなストーカー女の言うことなんて信じるの？」

吉永が金切り声を上げる。

「嘘だって言うの？」

絵麻はけだるそうに髪をかき上げた。

「そうよ！」

「それなら、馬場に合鍵を渡していない……って、言ってみて」

「なによ、それ」

「いいから」

　不服そうに唇を歪めながらも、吉永は口を開いた。

「やってない」

「そうじゃなくて。一字一句、私と同じように言って。馬場に合鍵を渡していない」

「馬場に……合鍵を、渡していない」

「はい。嘘」

　反論しようと口を開きかける吉永に、手の平を向けて黙らせた。

「なかなか頑張ってるとは思うけど、人間、完全な嘘ってつけないものなの。馬場に合鍵を渡していない。たったこれだけの言葉を言い終えるまでに、数限りないなだめ行動と嘘を示すマイクロジェスチャーが出ている。そんな状態で信じろって言われても、無理筋ね」

「なだめ行動ってなによ」

「じっくり時間をかけて教えてあげるから、一緒に署に来てくれる？」

「い……」吉永の顔が真っ青になった。「嫌だ！　ぜったいに行かない！」

　足を踏ん張って仁王立ちになり、抵抗の意志を示す。

「そう言うと思って……西野」

「任意ではありません。逮捕です」

西野は懐から逮捕状を取り出した。

容疑内容が読み上げられる間、吉永は魂が抜けたような顔で立ち尽くしていた。

7

「乾杯！」

西野とジョッキをぶつけ、絵麻は黄金色の液体を胃に流し込んだ。

「美味(うま)い！　やっぱりひと仕事終えた後のビールは最高っすね。この一杯のために生きている。間違いない」

西野が目を閉じて恍惚(こうこつ)の表情を浮かべ、早速カウンター越しにおかわりを要求する。

「あんた、いいの？」

「なにがですか」

西野が首をかしげる。

「捜査本部に詰めてる間、琴莉ちゃんのことほったらかしにしてたんじゃない」

事件も解決したことだし、新橋(しんばし)ガード下のいつもの店で打ち上げしましょうと提案されたとき、絵麻は尻込みした。自覚が薄いようだが、もう昔とは違う。西野には婚約者がいて、半年後に挙式を控えた身だ。

「それなら別に大丈夫です」

　味噌をすくったキュウリを口に運びながら、西野は言う。「琴莉のやつ、どのみち今日は夜勤だから会えないらしいんです。絵麻さんによろしく伝えておいてって言ってました」

「私と二人で飲むって言ったの？」

「はい。それがなにか？」

「いや。別に……」

　悪びれたところはまったくない。きっと琴莉も快く送り出してくれるのだろうが、内心ではどう思っているのだろう。そんなことまで気にする必要はないのかもしれない。しかし、下手に火種を作りたくはない。二人には幸せになってほしいと、心から願っている。

「にしてもあれっすね、インフルエンサーはメンタル強くないとやってられないって自分で言ってましたけど、あの女、マジでメンタル激強ですね。浮気がバレたのに、ビジネスカップルとして動画配信を続けたいって元彼に泣きついて、耐えられなくなった元彼が真実を告発しようとしているのを察して、ストーカーに元彼を殺させるんだから。そんでしれっと一人でチャンネル起ち上げて七百五十万再生とか、ヤバすぎますよ」

真相は西野の言う通りだった。三か月前にパートナーに浮気がバレたのは、吉永美貴のほうだった。逮捕現場に立ち会ったメヒトとの関係は、椎名との交際中から始まっていたのだ。

別れようという椎名に、吉永は動画の中だけでもカップルを演じたいと泣きついた。動画配信でかなりの収益を得られるようになっていたし、視聴者からのコメントで自己承認欲求も満たされていた。個々に活動することになれば、いつか椎名から真相を暴露されるかもしれない。清純キャラで売っている自分にとって、浮気は致命傷になると思ったようだ。

自身も収益が得られなくなるという懐事情もあり、一度はチャンネル継続を了承した椎名だったが、次第に偽りのカップルを演じるのが負担になったようだ。何度も視聴者に真実を打ち明けようと提案しては、吉永に説得されるというやりとりを繰り返すようになった。

そのうち、吉永に椎名への殺意が芽生える。なんとか説き伏せて告発を思い留まらせることができていたが、いずれ抑えきれなくなるのはわかっていた。元恋人の性格上、パートナーの浮気まで告発はしないだろうが、視聴者には原因を勘ぐられる。百三十万を超える登録者が、いっせいに過去の動画やSNSの発信などからプロファイルを開始するのだ。百三十万人の目で見れば、思わぬほころびが見つかる可能性だってあるだろう。

どうにかして椎名を排除できないか。椎名が秘密を抱えたまま死んでくれれば、自分は浮気で破局の原因を作った承認欲求モンスターでなく、愛するパートナーを突然奪われた悲劇のヒロインになれる。一人で新たにチャンネルを起ち上げるときにも大きな話題になるだろうし、視聴者からも応援してもらえるに違いない。

そんなとき思い出したのが、馬場尚美の存在だった。入手した個人情報をもとに、自宅周辺をうろつくようになったストーカー女。

その日も馬場は、出かけようとした吉永を遠巻きに見つめていた。最初は自宅まで押しかけてきたが、椎名から怒鳴りつけられたせいで、馬場は接近せずに遠巻きにこちらを眺めるようになっていた。それが余計に気味悪いという椎名の意見にはまったく同感だったが、敵の敵は味方になりえる。嫌悪感を圧して手招きしてみると、馬場は嬉々として歩み寄ってきた。

なんと従順な犬だ。吉永には、馬場の見えない尻尾が激しく振られているように感じた。

「本当にそうね。目的のためならストーカーすらも利用するなんて、あのしたたかさを別の方向に活かせば、なにか大きなことを成し遂げられたかもしれない」

絵麻は早くも火照った自分の頰に手をあててその熱を感じながら、暗い光を湛えた吉永の眼を思い出した。いまのところ素直に取り調べに応じているものの、反省の様子はまったくない。それどころか、自分を売った馬場や、自分を逮捕した警察を逆恨みしているようだった。

「そうですか。人気者でいたい、かわいいかわいいと他人に褒められたい、楽して大金が欲しいっていう欲が強いだけのように思えますけど」

西野はおかわりのジョッキを半分ほど空け、ポテトサラダに箸をつける。ニンジンやキュウリを丹念に取り除いているのは、野菜嫌いの絵麻のためだった。ポテトサラダから野菜を取り除き、ポテトのほうを絵麻に、自分はニンジンやキュウリだけを食べる。最初は渋々だったが、いつの間にか暗黙の了解になっていた。

「人気者でいたい。他人から賞賛されたい。楽して大金を手にしたい。どれも人間なら普通の欲求じゃない」

絵麻の指摘に、西野の箸が止まる。

「そっか。たしかにそうですね。ってことは、吉永が特別ってわけじゃないのかな。怖い怖い」

西野の箸がふたたび動き始める。頬杖をついて滑らかな箸の動きを見つめながら、絵麻は呟いた。

「あんた、箸の使い方めっちゃ綺麗だよね」

「なんですか、いきなり」

「いや。長い付き合いだけど、いま初めて気づいたから。知っているようで知らないことって、あるもんだなって」

「少しは見直しました？」

得意げな上目遣いが絵麻を捉える。

「そんなことで見直してほしいの」

絵麻は肩を揺すった。

「どんなことでもかまいませんよ。仕事じゃエンマ様の域には到底及びませんからね。だったら、箸の使い方でも認められたら嬉しいです」

本当に育ちの良いお坊ちゃんだなと、絵麻は西野の手もとを見つめた。箸の使い方もだが、感情表現が豊かなところ、自分の気持ちを素直に伝えることができるところ。平和な家庭で、両親の愛情を一身に受けて育てられたのがよくわかる。

そんな西野が結婚か。

少し、しんみりとした気分になった。

「私があんたを認めてないと思ってる？」

箸の動きが止まり、西野がこちらに顔を向ける。

しばらく見つめ合った後で、西野が口角を持ち上げた。

「まさか。僕がいなきゃ、楯岡さんは一生ポテトサラダを食べられませんから」

見事に白一色になったポテトサラダの小鉢が、カウンターを滑ってくる。

「その通り」

絵麻は箸を手にしながら、いつまでこのポテトサラダを食べられるかなと思った。

第二話

指名料はおまえの命で

1

まどろみから意識が抜け出す感覚があった。

西野圭介は重いまぶたを開く。

部屋はまだ暗い。目覚ましが鳴り出すまで、おそらくまだかなり余裕があるはずだ。

どうして目が覚めてしまったのだろう。幼いころから健康優良児で驚くほど寝付きがよく、夜泣きで悩まされた記憶はほとんどないと、母親が言っていた。大人になってもそこは変わらず、大学の柔道部で先輩からの陰湿ないびりに遭っても、警察官になってから職責の重さに押し潰されそうになっても、眠れなくなることだけはなかった。不眠に悩む人の話を見聞きするたび、いっさい共感することができずに申し訳なくなる。

それがなぜ――。

意識にかかる雲が晴れ、暗闇に目が慣れると、理由が明らかになった。

隣で人影が上体を起こしている。背中を丸め、苦しそうに喘いでいるようにも見えた。

「琴莉……？」

西野は起き上がり、婚約者の背中に手をあてた。

琴莉は振り向き、唇の端を軽く持ち上げる。

「ごめん。起こしちゃったかな」

苦しんでいるように見えたのは、気のせいだったようだ。呼吸も乱れていないし、汗をかいているふうでもない。

「それはかまわないけど、大丈夫か。具合でも悪いのか」

「そんなことない。ただちょっと眠れなくて……ほんとごめん。圭介も明日早いのに」

「そんなのは平気だ。なにか悩んでいるとか、原因があるわけじゃないのか」

「うん」

「本当に？」

顔を覗き込むと、琴莉が照れくさそうに笑いながら手を振った。

「なに。まさか圭介も、絵麻さんみたいに人の嘘がわかるようになったとか？」

「そうじゃないけど」

そうであればいいと思った。一人で抱え込みがちな婚約者の心の中を、覗くことができれば。

他人を完全に理解できるというほど思い上がってはいないが、壮絶な過去を持つ琴莉と、平和に育ってきた西野の生い立ちは、あまりに違いすぎる。もっと彼女の考えを理解できるようになりたい。

しばらく、シングルベッドの上で二人並んで座っていた。

古いアパートのこぢんまりとしたワンルームは、琴莉の部屋だ。家族と縁を切り、一人で生きていく覚悟を決めた彼女が、看護師をしながら慎ましい生活を営んできた部屋。西野は事件が落ち着くたび、この場所を訪れていた。

「ほんと、ごめん。寝よっか。眠れる？　……あ、圭介が眠れないなんてことは、ないよね」

ない。眠たいし、横になったら一分以内に意識を失う自信もある。

だが琴莉が眠れないのであれば、眠りたくなかった。

充電器に接続したスマートフォンを探り当て、時刻を確認する。もうすぐ午前五時になろうとしていた。

「よし。そろそろ起きよう」

西野はベッドから足をおろした。

「え。でも、まだ早いよ」

「琴莉は眠れないんだろ。なら、おれも眠らない」

「いいよ、別に。そういうの」

「なんでだよ。結婚するんだぜ、おれたち。琴莉だけに我慢させるわけにはいかない」

「いいってば」

　リモコンを向けて部屋の照明を点(つ)ける。部屋の隅々まで満ちた白い光を避けるように、琴莉は手でひさしを作っていた。

「眩(まぶ)しいし」

「おれだって眩しい」

「なら、電気点けるなよ」

「なあ、琴莉」

　西野はベッドの上で身体を回転させ、琴莉に向かって正座した。琴莉はまだ眩しそうな顔をしている。

「なに」

「おれは頭よくないし気が利かないから、琴莉にとって頼りない存在だと思う。でも……でも……」

　言葉が見つからずに、視線が虚空を彷徨う。

「頑張るからさ」

　黙って西野を見ていた琴莉が、ふいに噴き出した。

「なにそれ。頑張るって、小学生か」

　腹を抱えて笑っている琴莉を見ながら、よかったと思う。気の利いた言葉は思いつかないけど、琴莉を笑顔にすることができた。

　やがて笑いを収めた琴莉が、目の端を拭いながら言う。

「頼りにしてる」

　その言葉で、胸の中にぽっと火がともる。きっと自分も、この人を頼りにしている。だからこんなに嬉しいんだ。

「もっと頑張って」

　西野はたまらなくなって琴莉を抱きしめた。「なんだよ、圭介。苦しい」

　琴莉の手が、西野の背中をぽんぽんと叩く。

「頑張るよ。おれ、超頑張る」

「私も頑張る」

「幸せになろうな」

　抱き合ったまま、西野は言った。

「なんかムラムラしてきた」

「結局それかよ」

　頭を笑いながら小突かれた。

「時間あるし、いいかな」

　焦らすような間があって、琴莉が声を落とす。

「いいよ」

「やった！」

西野は膝立ちになり、素早くTシャツを脱いだ。ハーフパンツも脱いでボクサーブリーフ一枚になり、琴莉に飛びかかる。

「ちょっと！　焦りすぎだから！」

ゲラゲラ笑いながら抗議する琴莉のパジャマのボタンに手をかけた、そのときだった。

「圭介！　電話！」

興奮のあまり言葉が頭に入ってこず、おでこをぴしゃりと叩かれた。

「電話、鳴ってるって！」

琴莉が指さす方向に視線を向けると、スマートフォンの画面が光っている。音声着信のようだ。

この時間に電話となると――。

発信者を確認する前から覚悟していたが、確認してみると予想通りであらためて落胆する。

それでも無視するわけにはいかない。スマートフォンを手に取り、応答ボタンをタップした。

「もしもし、お疲れさまです」

『お疲れ。寝てたか』

綿貫の声は、明け方とは思えないほどキリッとしていた。

そりゃ寝てるだろうよ。

いや、寝てなかったんだけど。

どちらにしろ、これからお楽しみの予定でしたなんて言えるわけがない。

「いえ。ぜんぜん大丈夫です」

『そうか。事件が起こった。殺しだ。至急来てくれ』

まあ、そういうことだろうな。

西野は通話口を手で覆いながら天を仰ぎ、長いため息をついた。

2

欠伸をしようと大きく口を開いたとき、なにかが口の中に飛び込んできた。

驚いて飛び退くと、楯岡がこちらに左こぶしを向けている。口の中に飛び込んできたのは、楯岡のこぶしだったらしい。

「いきなりなにするんですか」

「あまりに口が大きいから、もしかしてこぶしが入るんじゃないかと思って」

　今朝から何度も欠伸していているのは見られていただろうから、楯岡なりの皮肉だろう。

「すみませんでした」

「眠れてないの？　……っていうか、五時前に叩き起こされたんだから、そりゃそうか」

　そうだ。考えてみればこの事件に携わる捜査員全員が、午前五時前の電話で招集されている。睡眠不足はみんな同じだ。

　西野は自分の頰を両手でぴしゃりと叩き、気合いを入れ直した。

「早いとこ事件を解決して、ゆっくり眠りましょうね」

「一つ事件が解決したら、次の事件の捜査本部に呼び出されるだけだと思うけど」

　楯岡が苦笑しながら顎をしゃくる。

　二人は取調室に向かって歩き出した。

　今日の午前三時過ぎ、新宿二丁目のビルとビルの間の細い路地に男性が倒れているのを、警ら中の所轄署地域課員が発見した。男性はすぐに救急搬送されたが、搬送先の病院で死亡が確認された。遺体には数か所の骨折や出血など、激しく暴行された痕跡が残っており、所轄の新宿三丁目署は殺人事件の可能性が高いとみて特別捜査本部の設置を決定、楯岡と西野も招集されることになった。

所持品から遺体の身元はすぐに判明した。

山名晃太。二十四歳で、現場から徒歩五分ほどの場所にあるホストクラブ『アレキサンドライト』に勤務するホストだった。

警察はすぐに捜査員を『アレキサンドライト』に派遣し、山名の同僚たちに事情聴取を行った。

その日は通常営業終了後、近所の居酒屋で『アレキサンドライト』に勤務するホストが十五人ほど集まる飲み会が行われており、入店三か月目の新人である被害者も参加していた。

被害者の近くに座っていたホストによれば、被害者はずっと「銀河さん」から説教されていたという。「銀河さん」とは、二年近く『アレキサンドライト』のナンバーワンを守り続けているカリスマホスト・一条銀河のことらしい。プロ意識と向上心のかたまりのような彼にとって、新人ホストの意識の低さが我慢ならないらしく、山名はたびたびつるし上げられていた。上下関係の厳しいホストの世界にあってもやりすぎと思えるほどだったが、店のナンバーワンに君臨し続け、『天皇』と陰口を叩かれるナンバーワンホストに諫言できる者はおらず、周囲は見て見ぬふりをしていたようだ。

その日もいつものように、座敷の壁に背をもたせかけて説教する一条と、正座をして殊勝な態度ではい、はい、と頷く山名という、同僚たちにとってはお馴染みの光景が繰り広げられていた。そして誰もが、こんな席にまで仕事の話を持ち込むなんて野暮だと感じつつ、それを口にせずに目を逸らした。

するといつの間にか二人の姿が座敷から消えていた。山名の肩を抱いて外に出ようとする一条の後ろ姿を見た気がすると言うホストもいたが、酒席で大騒ぎしていたときのことなので記憶が曖昧で、いまいち信憑性に欠ける。

はっきりしているのは、一条が一人で戻ってきたこと。山名はどうしたんですかと訊ねた同僚に、一条が「具合が悪くなったみたいだから帰宅させた」と答えたこと。それまでの山名にたいする一条の態度を見ていた同僚は、具合が悪くなった程度で帰らせるだろうかと激しい違和感を抱いたようだが、疑うようなことを言って『天皇』を激昂させるほうが怖い。それ以上の質問はできずに受け入れるしかなく、「おれも帰る」と一条が言い出したため、飲み会は唐突にお開きとなった。

警ら中の警察官がボロ雑巾のような姿になった山名の死体を発見するのは、およそ四十分後のことだ。遺体発見現場もホストたちが飲んでいた居酒屋から歩いて二、三分ほどの場所で、山名が暮らす新大久保のアパートとは逆方向にあるため、帰宅しようとしていたとは考えづらい。当然ながら、一条の犯行が疑われる。

警察の出頭要請にたいし、一条は素直に応じたものの、事件への関与は否定しているらしい。状況的には限りなくクロだが、いまのところ有力な目撃証言が挙がっていないため、楯岡の取り調べに期待がかかる場面だった。

取調室の扉が近づいてきて、西野は鼻息を吐く。

扉の前に立ち、振り返った。準備はいいですか。

いいわよ、という頷きが返ってくる。

ノックを二回して、ノブを引いた。

窓のない狭い空間の中央に置かれたデスクの向こうで、椅子にたいして斜めに座り、けだるげに背もたれに肘を載せていた金髪の男が顔を上げる。

こいつが一条銀河。

西野は仁王立ちになり、威圧的に顎を突き出して、一条を見下ろした。

「な、なに……」

一条が整った顔を歪める。

趣味の悪い光沢素材のジャケットを羽織っているが、きっと高価なものなのだろう。しかも警察に呼ばれたのに、両耳にピアスなんかしてめかしこみやがって。

自分の立場をわかってるのか。

たん、と靴底で床を踏み鳴らして威嚇し、壁際のノートパソコンに向かう。

入室する楯岡の足音を背中で聞いた。

「あらぁ、すっごいイケメンじゃない」

両手を胸の前で重ねて身体をくねらせる様子が目に浮かぶような、媚びまくった声。

いつもながら調子を狂わされるが、それは取り調べ相手だって同じだろう。

さあ、開戦だ。

3

「っていうか、肌とかもすべすべじゃない？　女の子みたい。もしかしてファンデ塗ってる？」

「さすがにオフのときは塗ってない」

一条は困惑を残しながらも笑顔になり、軽く手を振った。

絵麻は椅子を引いたものの座面に腰を下ろさずに、前のめりになって目の前の男を見つめる。

「本当に？　それにしても綺麗すぎじゃない？　画像修正したみたい。ちょっと触ってみてもいい？」

「なんで……」

顔をしかめているものの、実際にはまんざらでもない。隠しようもない『喜び』の微細表情が滲み出ている。

「いいじゃない。すごい綺麗なんだもの」

絵麻は伸ばした右手の指先で、一条の左頬を撫(な)でた。

「うわあ。すべすべもちもち！　気持ちいい！　ねえ、西野も触ってみたら？　すごく気持ちいいから」

「遠慮しときます」という西野の返事と、「男はダメだよ」という一条の声が重なった。

「おれの肉体は、女性を喜ばせるためのものだから」

頬から剝がした絵麻の右手を、一条が両手で包む。

「さすがナンバーワンホスト。女性にやさしいのね」

「女性なら誰でもいいわけじゃない」

西野の聞こえよがしな咳払いが割り込んできた。

「服務中……ゴホン、ゴホン」

「わかってるわよ」

恨めしげに西野を睨んで椅子に座りながら、絵麻は内心でほくそ笑んでいた。

じゅうぶんだ。

肉体的距離と心理的距離には相関関係がある。好意を抱く相手には無意識に近づいてしまうし、逆に嫌いな相手とは距離をとってしまう。心理的距離が肉体的距離に反映されるのだ。これを利用し、肉体的距離を縮めることで心理的距離も近くなったと相手に錯覚させることも可能になる。好きだから近いのではなく、近いから好き、というわけだ。

女性心理を熟知し、女性を手玉に取るのが仕事のホストとはいえ、取調官の女性刑事相手には当然身構える。だが、いまの手を取り合い、見つめ合うファーストコンタクトによって、いっきに心理的防壁が崩れる実感があった。

初頭効果。人間の第一印象は初対面の三分間で決定づけられる。

刑事といえどしょせん女、客と同じような感覚であしらえばいい。一条はそんなふうに考え始めていることだろう。

絵麻はデスクの上で捜査資料を開いた。

「あらためまして。事情聴取を担当する、捜査一課の楯岡絵麻です」

「なんて呼べばいい？」

一条の問いかけに、絵麻は顔を上げた。

「お客さんには、まずそう質問しているんだ。早く打ち解けたいからできれば名前で呼びたいんだけど、なれなれしいって嫌がる人もいるだろうしね。相手が嫌がることはしたくないから」

「さすが。ナンバーワンはルックスだけでなく、気遣いもバッチリなのね」

「女性に気分よくなってもらうのが、おれたちの仕事だからね。そこらへんを勘違いして、自分が主役だと思っているやつもいるけど、おれは違う。で、なんて呼べばいい？」

「好きに呼んでくれてかまわない」

「なら絵麻ちゃん。どう？」

「いいわよ」

西野の舌打ちがむなしく響いた。

「私のほうは、あなたをなんて呼べばいいのかしら。源氏名の一条銀河か、それとも、本名の――」

富井晴樹か。

言い終える前に声をかぶせられた。

「銀河くんで」

「わかったわ。じゃあ銀河くん」

「なんだい」

一条の表情に、かすかな緊張が覗く。

絵麻はデスクに両肘をつき、顔の前で手を重ねた。

「どんなスキンケアしてるのか、教えてくれない？」

虚を突かれたような間を置いて、一条が笑顔になる。

「なにそれ」

「だって知りたいもん。ダメ？」

「ダメじゃないけど」

そんな話のためにここに呼ばれたわけではないだろうと顔に書いてあるが、一条が犯人だとすれば、本筋から逸れてくれるのは好都合のはずだ。

「たいしたことはしていないからね」

「お風呂上がりに化粧水とか？」

「それは当然っていうか、常識でしょう」

「そんなことないわよ。ねえ、西野」

絵麻が呼びかけても、西野はノートパソコンに向かう横顔を動かそうとしない。

「あんた、聞こえないふりしてるつもりかもしれないけど、そもそも記録係のあんたが私の話を聞いてなかったら、職務怠慢だからね」

ようやく仏頂面がこちらを向いた。

「聞こえています。無視していただけです」

「あんた、化粧水とか使ってる？」

「使ってません、そんなもの。女じゃないんだから」

「ほらね」と、一条に視線を戻した。

「化粧水は女が使うものとか、男がスキンケアやお洒落に気を遣うのはみっともないとか、めちゃくちゃ古臭い前時代的な価値観だと思うけど、まだまだああいうの根強いから。警察みたいな汗臭い男社会ではとくに」

敵の敵は味方。警察組織とは距離を置いていると印象づけることで、取り調べ相手の心を開かせるのも、絵麻の常套手段だった。

「そうなんだ。おれのまわりではスキンケアは常識だし、店のホストたちはどこのメンズコスメが良いとか、よく情報交換してるけどな」

「やっぱりホストって美意識高いのね」

「自分が商品だからさ」

その後も絵麻は、事件とはまったく関係ない話題で盛り上がった。そのうちに一条のしぐさにも変化が表れる。一刻も早くこの場を立ち去りたいという心理を表していた、出入り口の扉を向いていた爪先が絵麻のほうを向き、警察にたいしての敵意を示す持ち上がった両肩が落ち、取調官との肉体的距離を保とうと背もたれに預けられていた上体が、前のめりになった。

そろそろか――。

「ごめん。銀河くんの話が楽しすぎてつい脱線しちゃった。こんなに銀河くんを独り占めしちゃったら、お客さんから恨まれるわね」

「みんなには内緒にしておかないと」

一条が笑顔で人差し指を唇の前に立てる。

「楽しませてもらったぶん、お金を払うべきかしら」

「大丈夫。おれのほうも楽しませてもらったから」

それはそうだろう。興味のあるふりをしていちいち質問し、話題に乗っかり、おおげさに驚いたり、笑ったり、リアクションしてきたのだから。こっちがサービス料金をもらってもいいぐらいだ。

もっとも、おかげでじゅうぶんにサンプリングさせてもらったけど。

絵麻は椅子に座り直し、背筋を伸ばした。

「そろそろ、本題に入らせてもらうわね」

「わかった。しかし緊張するな」

そう言って頬を硬くしてはいるものの、取調室に入った時点での臨戦態勢とは比べものにならないほど、リラックスしている。

「殺された山名晃太さんについてだけど」

「あいつね。犯人には、本当にむかついている。おれの手で犯人をぶっ殺してやりたいぐらいだ」

憤懣(ふんまん)やるかたないという感じで、左の手の平に右こぶしを打ちつけた。

「銀河くんが、山名さんを外に連れ出したっていう証言もあるみたいだけど」

「それは間違いない。あいつ、飲みすぎて気分が悪いって言うからさ。店の中で吐いたら悲惨なことになるし、外の空気にあたれば少しはマシになるかもしれないと思ったんだ」

「連れ出した後は？」

「最初は吐きそうになってえずいてたから背中をさすってたんだけど、しばらくしたら吐き気も収まって大丈夫になったって言うから、もう帰れってタクシー代として一万円握らせて帰らせた。でもあいつ、タクシー代浮かせて自分の懐に入れようとしたんだな。だからあんなことに……せめてタクシーを捕まえるところまでおれがやってれば」

悔しそうに唇を噛んでいる。

「意外」

絵麻の呟きに、一条が首をかしげる。

「なにが？」

「事前に話に聞いてた印象と、ぜんぜん違うから。同僚からの聞き込みだと、銀河くんは山名さんのことをすごく嫌っているみたいだったし」

「おれがあいつを?」と、一条が自分を指さす。

「たしかにあいつにたいして厳しくしたかもしれない。でもそれは、あいつのためを思ってのことだよ。会社をリストラされてどうしようもなくなって、一発逆転を狙ってホストの世界で成功しようと歌舞伎町にやってきたって言うんだから、それなりに頑張らないとダメでしょうよ。外から見たら、女と酒飲んでるだけで大金稼げる楽な仕事と思われてるかもしれないけど、そんな甘い世界じゃない。ましてやあいつはもう二十四歳だ。おれと同い年なのに、新人のヘルプなんだぜ。そこから天下取ろうと思うんなら、死ぬ気でやらないとダメでしょ」

「じゃあ、厳しく接していたことは認めるけど、嫌っていたわけではないってこと?」

「そうだよ。端からどう見えてたのかは知らないぜ?　でもおれは、あいつが早く一人前のホストになって金を稼ぎたいって言うから、それならほかのやつと同じようにやっててもダメじゃん?　早いやつは十代から歌舞伎町に飛び込んでくるんだ。おれだってそうだった。二十四歳はけっして若くない。そんなやつが天下取ろうと思うんなら、人の十倍、いや、百倍は頑張らないとダメだ」

「たしかにその通りね。ということは、銀河くんが山名さんに暴行を加えて、死なせたということは——」

「ない」と、一条は断言した。

「だって考えてもみなよ。あいつを殺しておれになんの得があるの？　ナンバーツーとかナンバースリーとか、おれの座を脅かすような存在ならともかく、まだ指名客の一人もつかんでないような新人ホストだよ。そんなのが消えたところでおれになんの得もないし、殺すだけの価値もない」

「そうだね。よくわかった」

「よかった。絵麻ちゃんならわかってくれると思ってたよ」

「ええ。よくわかったわ。山名さんを殺した犯人は、銀河くんだってことが」

　一条の顔に『驚き』が表れる。

「どうしてかはわからないけど、銀河くんはかねてから山名さんのことが大嫌いだったみたいね。彼の名前を口にするたびに、『嫌悪』や『軽蔑』の微細表情が表れていた。だから、指導にかこつけていびったし、最後は暴行を加えて死なせた」

　一条はまだ固まったままだ。初頭効果で植え付けた第一印象を、脳が覆すのには時間がかかる。なにが起こったのか理解できず、混乱しているのだろう。

「それに、山名さんが気持ち悪くなったので外に連れ出したところから、タクシー代を渡して先に帰らせたというくだりは、ぜーんぶ嘘。最初から最後まででっちあげ。銀河くんは山名さんを帰らせていない。おそらく暴行を加えられて、ぐったりしている山名さんを放置して店に戻った。違う？」

「違う」

一条は大きくかぶりを振った。

「はい。嘘」

「なんでだよ」

「顔を横に振る直前に頷きのマイクロジェスチャーが出たから」

絵麻が人差し指を向けると、一条は怯えた顔で顎を引いた。

「なにを言ってるのか……」

「説明してもかまわないけど、説明しても信じてもらえるかなあ。人間って、自分の信じたいものだけを信じる生き物だから。自分の嘘がバレバレだったなんて、信じたくないでしょう。だってホストなんて、嘘が上手(うま)ければ上手いほど売れっ子になれる職業じゃない。好きでもないのに好きなように見せかけて、興味もないのに脈があるように装って、できる限り客から金を搾り取る。それなのに、あなたの嘘はバレバレだなんて指摘されたら、プライドがズタズタじゃないの」

話を聞くうちに一条の上体は絵麻から遠ざかり、両肩も持ち上がっていた。ようやく相手が敵だと認識できたようだ。

「西野。説明してあげて」

絵麻の指示を受けて、西野がノートパソコンから視線を上げる。

「人間は嘘をつく際、後ろめたさや嘘がバレるのではないかという緊張から、大なり小なり心理的ストレスを抱えます。その心理的ストレスを解消しようとして表れるのが『なだめ行動』です。『なだめ行動』には顔を触るとか貧乏揺すりをするなど、わかりやすいものもありますが、常人では見落としてしまうようなものもあります。五分の一秒だけ表れる微細行動や微細表情――マイクロジェスチャーと呼ばれるものです」

「たとえばいま銀河くんは、山名さんを帰宅させたのは嘘ではないかという私の指摘にたいして、違うと否定した。でも私には、すぐにそれが嘘だとわかった。頷きのマイクロジェスチャーが出ていたから。人の言葉を聞いて反応するまでの思考には、実はけっこうなタイムラグがあって、本能的な肉体反射のほうが先に出てしまうものなの。だから、自分では顔を横に振っただけのつもりが、一瞬だけ表れた肉体反射で頷いてしまっている。それがマイクロジェスチャー。ほとんどの人は素通りしてしまうそのマイクロジェスチャーを、私は見極めることができる。だからもう、私に嘘は通用しない。山名さんのことを思って厳しく指導していたのも嘘だし、彼が気持ち悪くなったので外に連れ出したというのも、彼を先に帰らせたというのも嘘。なんでそんな嘘をつく必要があるのか。なんの得にもならないわよね……犯人以外には」

絵麻は軽く小首をかしげる。

一条は呆然とした顔つきで、それまで味方のように思っていたであろう女刑事を見つめていた。

4

いまの一条にカリスマホストの面影はまったくない。焦点の定まらない目は、絵麻を通り越して絵麻の背後の壁のあたりを見つめている。

「あなたが山名さんを殺した。飲み会の途中で山名さんを外に連れ出し、暴行を加えて死に至らしめた」

「違う」

否定する声も力なくしぼむ。

「ねえ。もうこれ以上、時間を無駄にするのはやめない？」

絵麻がデスクに頬杖をつき、一条がわずかに身を引く。

「あなたが連れ出したのか、山名さんがあなたを連れ出したのかはわからないけど、飲み会を抜け出して二人で外に出たのは明らかじゃない。そこまでは認めるのよね」

一条は自覚していないだろうが、頷きのマイクロジェスチャーがあった。

「その後、店に戻ってきたのはあなた一人だった。山名さんはどうしたのかという同僚の質問に、あなたは先に帰らせたと答えている。その直後、飲み会を唐突に散会させ、同僚たちを帰宅させた。路地裏に倒れた山名さんが発見されるのはそのおよそ四十分後。発見された場所は飲み会が行われていた店から徒歩二、三分の近所。あなたと別れた直後になんらかのトラブルに巻き込まれた可能性もないわけじゃないけど、そんなの天文学的な確率よね。あなたが山名さんに動けなくなるほどの暴行を加え、そのまま放置して立ち去った。そう考えるのが自然だと思うけど」

　一条は身じろぎもできないようだ。なにかアクションを起こすことで嘘がバレてしまうのを恐れている。

　絵麻は諭す口調になった。

「それでも否認を続けるのならこっちとしても付き合うしかないけど、どちらにとってもマイナスにしかならないと思うの。ここまでガチガチのクロっていう状況はなかなかない。逆転は無理」

　絵麻がそう言い切る背景には、一条のしぐさから漏れ出す嘘という根拠がある。これから証拠を揃えていく必要があるものの、行動心理学的には、一条はとっくに犯人になっている。

　一条はそれでも、反撃の糸口を探すように口を半開きにしていた。

　やがて、がっくりとうなだれる。

「やった……のかもしれない」

絵麻は眉根を寄せた。

「やった。あなたが山名さんを暴行した。そうでしょう」

「……たぶん。正直、酔っていたせいでほとんど覚えていない。だけど、状況から考えるとやったのかもしれない。やったとしか考えられない」

しばらく一条を観察したが、不審ななだめ行動は見られない。

絵麻はため息をついた。

「自分で覚えていないの」

「断片的には覚えてる。ヘルプに入ったテーブルで客のグラスが空いたのに気づかないなんてありえねえって、叱ってたんだ。でもあの日のあいつは、納得いかなそうな顔をしていた。ぶつぶつ一人で文句言ったりしてたし。おれも酒入ってたからしつこかったかもしれないけど、先輩の前であの態度はありえねえ。だからトイレに立ったあいつを追いかけて、外に連れ出した。おめえ、あの態度はなんなんだって詰めたのは、ぼんやりと覚えてる。すんません、すんません、って謝るあいつの顔も。でも気づいたらあいつが倒れてて、顔はボコボコだし、腕が折れてるのか変な方向に曲がってて、いびきみたいに変な呼吸してるし、声かけてみても目を開ける気配がなくて……怖くなったんだ」

「だから山名さんを放置して、店に戻った？」

「おれがやったと思う。でもはっきりとは覚えていない。ただおれ、酔っ払って人に暴力を振るうことなんてなかったから、自分があんなことしたなんて信じられなくて……すみませんでした。人殺しとして罰は受けます。ただ、自分のやったことを詳しく話せと言われても、覚えていないからできません」

一条は深々と頭を下げた。

5

目の前に紙コップが差し出され、絵麻は我に返った。

西野が両手に持った紙コップのうち、一つをこちらに差し出している。自動販売機でコーヒーを買ってきてくれたようだ。

「ありがとう」

絵麻は紙コップに鼻を近づけ、立ちのぼる香りを嗅いでから、コーヒーをひと啜り（すす）する。

「なにか気になってるんですか」

西野が自分の紙コップを口に運びながら訊く。

新宿三丁目署にある、職員専用の食堂だった。絵麻は隅のほうに置かれたベンチに腰かけて脚を組み、西野はその前に立っている。

「どうして、一条——いや、富井は山名を暴行したのかと思って」

「酔っ払ってたからじゃないですか」

わかりきっていると言わんばかりに、西野の声は笑いを含んでいた。

「けど、酔っ払って人に暴力を振るったことはないと、富井は話していた」

「まさか楯岡さん、あいつの言葉を信じるんですか。ただでさえ嘘八百を並べ立てて罪から逃れようとしていたやつですよ。しかも酔って記憶をなくす男です。記憶をなくしてるのに、人に暴力を振るったことがないって断言できること自体、そもそもおかしくないですか。暴力を振るったことはあるけど、自分では覚えていないし、陰で『天皇』なんて呼ばれてアンタッチャブルな存在になっているから、周囲が穏便に済ませてきただけですよ」

「西野にしては筋が通った論理ね」

「西野にしては、は余計ですけど、いちおうお礼を言っておきます。ありがとうございます」

所轄署員が近づいてきた。西野はいったん後ろに下がって通路を作った後、ふたたび歩み寄ってくる。

「っていうか、どうでもよくないですか。記憶がないっていうのはあきれるほかありませんけど、富井は罪を認めたも同然だし、現場に残された靴跡も、富井の靴と一致したみたいじゃないですか。逮捕待ったなしですよ。僕らはもう、ほぼお役御免です。終わったことより、先のことを考えるほうが建設的です。打ち上げのこととか。今回も、いつものあの店でいいですか」

「寝不足なんでしょ。時間が出来たらさっさと帰って寝なさい」

絵麻は小さく肩を揺すった。

「そんなつれないこと言わないでください。寝不足でも飲みは別です。もっとも、僕は誰かさんみたいに乱れたりはしないですけど」

「もしかして遠回しに私を皮肉ってる?」

西野が胸の前で両手を振った。

「そんな!　被害妄想ですよ。富井のことを言ったんです。楯岡さんも絡み酒ですけど、人を殺したりしないぶんマシですし」

「どういう基準でマシってことにされてるの」

絡み酒の自覚はあるし、西野に迷惑をかけた回数も数え上げればキリがないので、強くは抗議できないが。

絵麻はコーヒーに口をつけた。

「そもそも、富井は普段から山名を目の敵にしていた。どうしてそこまで嫌う必要があったの」

「体育会系だと、理不尽ないびりやしごきは普通です。ホストの世界も上下関係がものすごく厳しいっていうし、似たようなところがあるんじゃないですか。僕も大学のときの柔道部にものすごく嫌な先輩がいて、よくいびられていました。指導にかこつけていろいろ言ってくるんですけど、ことごとく的外れで納得いかないんですよね。それでもいびられるのは嫌だから言う通りにするんだけど、なにをやっても不正解みたいな感じで途方に暮れました。あの先輩が引退したときは、本当に嬉しかったなあ」

過去を思い出すように、西野が目を細める。

「富井の山名にたいする感情は、もっと個人的なもののような気がする」

山名の名を聞いたときの強烈な『嫌悪』と『憎悪』。あれはただの仕事のできない後輩に向けられるものではない。

「富井と山名は知り合いだったたってことですか」

西野が眉を持ち上げ、絵麻は唇を曲げる。

「たぶんそう」

「でも富井はそんなこと、一言も言ってませんでしたよね」

「言いたくないってことでしょう」

「質問してみたらいいじゃないですか。サンプリングは完璧なんですよね」

「嘘がわかるだけで、どういう関係だったのかまではわからないわよ」

そのとき、筒井と綿貫が歩み寄ってきた。

「これはこれはご両人」

筒井の意地悪そうな笑みが、絵麻を向く。

「楯岡。今回はお手柄だったな。酔っ払ったホスト同士の喧嘩っていう、なかなか真相を暴くのが難しそうな事件の取り調べを任されて大変だったろう。それなのにおまえは、わずか数時間でホシの口を割らせるのに成功した。もっともホシの記憶がはっきりしてないから、結局は靴跡とか、富井の靴についたＤＮＡ鑑定の結果を待って逮捕という運びになるんだろうが、おまえもまったく貢献してないってわけでもない。ただでさえしょぼいヤマの犯人逮捕に、鼻くそぐらいは役立ってるかもしれないぞ。いや、よくやった。本当によくやった」

なにか言い返そうとする西野を視線で制し、絵麻はにっこりと笑う。

「ありがとうございます。被疑者を恫喝してばかりのバカの一つ覚えみたいな取り調べ手法しかできなくていつか問題になるんじゃないかという危惧から、取調官に指名されなかった筒井先輩の代役として頑張りました」

「言うようになったじゃないか。さすが被疑者に色目使うしか能がない、旭日章背負ったホステスだ」

満面に笑みを浮かべてはいるものの、筒井のこめかみには血管が浮き上がっている。

「ホステスだって。笑えるわね」

絵麻が笑いかけても、西野は曖昧に顔を歪めただけだった。

筒井が胸を張る。

「言っておくが、おれは取調官に指名されなかったんじゃない。おれが出るほどのヤマじゃないから辞退したんだ。こんなガキの使いみたいな単純なヤマなら誰でも自供させられるだろうから、能力の低い人間に点数稼ぎさせてやればいいってな」

絵麻も立ち上がり、筒井と真っ正面から睨み合う。

「今回の事件がたんなる酔っ払いの喧嘩の延長だと決めつけるような人間には、そりゃ取り調べを任せるわけにはいきませんよね。的外れな調書を上げて下手したら公判が維持できなくなるかもしれないし」

ねえ西野、と同意を求めると、あはは、と乾いた笑みが返ってきた。

「たんなる酔っ払いの喧嘩の延長じゃないだと？　どういうことだ」

筒井が片眉を持ち上げる。

「富井と山名はおそらく、山名が入店する以前からの知り合いでした」

「本当ですか」

目を見開く綿貫に軽く頷き、筒井に視線を戻した。

「いい加減なこと言ってるんじゃないぞ」

「そんなつもりはありません」

「綿貫。被害者の同僚からそんな話は？」

綿貫がかぶりを振る。

「いいえ。同僚のホストや店のオーナーからも話を聞きましたが、そういう情報はありませんでした。『アレキサンドライト』に応募してきた被害者を面接したのはオーナーですが、会社をリストラされてしまったので、人生を挽回するために歌舞伎町でのし上がりたいと語っていたそうです」

筒井の視線が戻ってきた。

「おかしいだろ。同僚ホストからの話から浮かび上がる関係性も、よくある厳しい先輩と新人ホスト以外のなにものでもない。旧知の仲ならそうはならない」

「少なくとも、富井は以前から山名を知っていました」

絵麻の言葉に、綿貫が反応する。

「たとえば山名がどこかの界隈では有名人で、富井が一方的に知っていた、とか」

「違う。そういう関係ではなく、もっと個人的な深いつながりがあった」

でなければあそこまで強い『嫌悪』や『怒り』にはならない。

不機嫌そうに絵麻を見下ろしていた筒井が、やがて口を開く。

「根拠はまた、おまえの〈まじない〉か」

「〈まじない〉ではなく、行動心理学です」

すかさず訂正したのは西野だったが、筒井に鋭く睨みつけられ、小さく仰け反る。

絵麻はふっと笑みを漏らした。

「どっちでもかまいません。大事なのは、筒井さんの言う私の〈まじない〉が外れていたことがあるのか……ってことです」

ない。行動心理学の知見としぐさから嘘を見抜く絵麻の動作学で、多くの難事件を解決に導いてきた。

それがじゅうぶんにわかっているからこそ、筒井も反論ができない。

「筒井さんにも、お手柄のチャンスをあげます」

絵麻がにやりと笑い、筒井が顔を歪める。

「的外れだったら、ただじゃおかないぞ」

「的外れなんてことはありません。存在するものを見落として、存在しないように扱ってしまうことはあると思いますが」

「おれに限ってそんなことはない」

「単純な酔っ払ったホスト同士の喧嘩だと決めつけて、取り調べを辞退した人がですか」

ぐっ、と喉を鳴らして顔を歪めた後で、筒井が背を向ける。

「行くぞ、綿貫」

わざと大きな足音を立てているような後ろ姿を、綿貫があたふたと追いかけた。

6

目の前の椅子を引く女性刑事をちらりと見上げただけで、一条は悄然とうつむいた。

「これ以上、話せることはないです。事件のことは覚えていないけど、おれがやったんだと言われればそうだと思います」

「そうなの？　これまで酔って暴力を振るったことはないのに？」

絵麻は椅子の背もたれに身を預け、自分の腕を抱え込んだ。背後では西野がノートパソコンのキーボードを叩く音がする。

わずか一時間ほどの休憩を挟んで対面した一条は、まるで別人だった。もちろん容姿は変わりようがない。自信に満ちた態度やしぐさが消え去るだけで、人間の印象はこうも変わるのだ。

いまの一条は——いや、もはやナンバーワンホストの一条銀河ではない。気弱で自分に自信を持てない本性を剝き出しにされた、二十四歳の等身大の青年・富井晴樹だった。

　富井は力なく言う。

「だって、どう考えてもおれじゃないですか。おれが山名を店の外に連れ出して、気づけばボロボロの山名が目の前で倒れていた。誰が聞いてもおれが犯人だと思う」

「でも、暴行した記憶はないのよね」

　頷く富井に、不審なマイクロジェスチャーはない。

「それなのに犯行をすんなり認めたのは、自分ならやりかねないと思ったから？」

「いや……」

「それとも、相手が山名晃太さんだったから？」

　生気のない顔を持ち上げる富井は、自分が頷きのマイクロジェスチャーを見せたことに気づいていない。

　やはりそうだ。酔って誰かに暴力を振るったというだけなら、かたくなに否認しただろう。だが相手が山名だと、強く否定はできなくなる。山名にたいして、日ごろから強い憎しみや嫌悪感を抱いていた。

「山名さんと、過去になにかあった？」

　まずはストレートに切り込んでみる。

「過去っていうほど、長い付き合いじゃないですけど」

「彼が『アレキサンドライト』に入店する前から、知り合いだったとか」

自分の肩を揉むなだめ行動を見せながら、富井がかぶりを振る。

「なんですか、それ。知らないっすよ、あんなやつ」

視線を逸らすマイクロジェスチャー。つまり嘘。そして「あんなやつ」というときに見せる、強烈な『憎悪』。

「反省していないの？」

富井が不審そうに絵麻を見た。

「山名さんは、あなたに暴行されたのが原因で亡くなった。あなたは一人の人生を、理不尽に終わらせたの」

「わかってます」

「それなのに反省していない？」

「なんでですか。反省していますよ。どうしてこんなことしちゃったんだろうって」

「それは後悔。反省ではない」

富井が唇を曲げる。

「犯行時の記憶がないのだから、ある程度は理解できる。おまえがやったんだと言われても、覚えていないんだから、反省しろと言われても難しいわよね。でもあなた、山名さんにたいしてまったく悪いと思っていない」

「そんなことない――」

「そんなことある。私が嘘を見破れるってこと、忘れた？」

富井が息を呑む気配があった。

やがて開き直ったように笑う。

「だってしょうがなくない？　申し訳ないと思わないいんだから」

「そこまで彼を憎む理由はなに？」

「別に、なにも」

富井は小さくかぶりを振った。

「あいつが店に入ってきたときから、ムカついてた。リストラされたからホストって……この仕事ナメてるよ。よくいるんだ。酒飲んで女と楽しく盛り上がってればお金もらえるんでしょって、そんな安易な考えでこの世界に飛び込んでくるやつが。だいたいすぐ辞めちゃうけどね。そんな簡単な世界じゃない。この仕事でのし上がるやつは、ほかの仕事しててもそれなりの結果を出せると、おれは思ってる。少なくともリストラされるやつに務まる仕事じゃない。頭よくないとダメなんだ」

とんとん、と自分の側頭部を人差し指で叩く富井に、一条銀河の面影がよみがえり始める。

「それだけが理由じゃない」

絵麻の言葉をあえて無視するように、富井が声の調子を上げた。

「だってあいつ、おれのこと同い年だとわかったとたんに馴れ馴れしくなったんだぜ。銀河さん、タメなんすね、じゃないいんだよ。なんで新人がそんな態度とれるんだって話よ。学生じゃないいんだから、タメだからどうこうとかないでしょ。こっちはずーっとナンバー張ってて、ここ二年はナンバーワン譲ったことないようなカリスマで、あいつは水割りすらまともに作れない新人なんだから。虫けらが人間の赤ん坊と同じ年に生まれたからって、対等な立場になるわけじゃないっしょ。虫けらは虫けらじゃん」

自分で自分の言葉に興奮したらしく、次第に顔は紅潮し、声の抑揚も大きくなった。

いまの話しぶりを聞いていて、二人にはホストクラブ以前の因縁があったに違いないと、絵麻は確信した。富井の演説からは山名への強い憎悪が伝わってくるし、絵麻の言葉を意識的に無視するように声を張り上げる様子から、露骨な論点ずらしの意図が感じられる。

おそらく過去の因縁に、この事件の本当の動機が隠されている。しかし、このまま攻め続けたところで、富井は固く殻を閉ざすだけだろう。

筒井に綿貫、頼むわよ。

二人に心の中でエールを送りながら、絵麻は肩を上下させた。

「山名さんとの関係はわかった。仕事のできない後輩に苛立つ気持ちは、私もよぉくわかるし」

後頭部に感じる西野の視線は無視する。

「でも、自分ができるからといって、他人にも当然に同じことを要求するのはよくないわね。ましてやあなたはナンバーワンホストで、あなた以上に仕事ができる人は、店にはいないわけだし」

「そりゃ……わかってるけど」

唐突な説教モードに入った取調官への戸惑いを覗かせながらも、富井には話題が逸れたことへの『安堵』が見てとれた。

「誰だって最初から仕事ができるわけじゃない。あなただってそうだったんじゃないの」

「そうだよ。おれだって最初は失敗を繰り返した。酔い潰れて死ぬほど吐いたし、むかつく先輩から怒鳴られたり、ときにはぶん殴られたりもした。それでも必死でやってきたんだ。おれにはこの道しかなかったから」

「『アレキサンドライト』には、いつから？」

「三年前だから、二十一歳のときか。でもこの業界自体には、十七のときに飛び込んだ」

「十七歳……？　高校は？」

「中退した。不登校で単位もとれなかったから」

「そうなの？　意外」

おおげさに驚いてみせたものの、内心ではやはりそうかと頷いていた。

一条銀河のペルソナが剝がれたときの変貌ぶりを見る限り、元来は自分に自信が持てず、臆病な性格だと想像がつく。歌舞伎町でのし上がるために懸命に一条銀河というキャラクターを演じ、結果を出すことで自己肯定感を高めてきたに違いない。他人に肯定されないと自分を認められないのは、自分に自信がない証左だ。

「そうだよ。この場所で頑張るしかなかったんだ。学歴も中卒だし、実家も裕福じゃないしで、おれにはなんの後ろ盾もなかった。だから、先輩ホストにグラスの水かけられたり、足蹴（あしげ）にされたりしても、けっして逃げ出さなかった。いつか見てろって、歯ぁ食いしばって頑張ってきたんだ。昔偉そうにしてた連中のほとんどは、いまじゃ一条さん一条さんってへーコラしてくるよ」

「不登校になったのは、どうして？」

富井の視線が、答えを求めて虚空を彷徨う。

「別に。はっきりした原因はない」

嘘だ。目もとを手で覆うなだめ行動。それでも、すぐに指摘はしない。

「不登校の少年が、どうしてホストという職業を選んだの」

考える間があった。

「まずは、やっぱり金だよね。学歴もない自分がまともに就職活動したところで、良い会社には雇ってもらえないだろうし……っていうか、高校やめた後で、ちょっとだけ就活したんだ。基本給十何万みたいな仕事ばっかで、高校やめたのをちょっと後悔した。通わなくても、卒業だけでもしとくべきだったなって。でもやめちゃったものはしょうがないから、中卒でも金が稼げる仕事を探した。で、この仕事を見つけた」

「未成年だと接客できないんじゃないの」

富井は頷いた。

「最初はキッチンでフード作ったり洗いものしたり、ホストがゲロ吐いたトイレを掃除したりっていう、下働きをやらされてた。そうしながら、いつかホストデビューするときにそなえて、先輩の接客を観察して勉強していた」

「たたき上げの中のたたき上げって感じね。生存者バイアスで自分なりのメソッドを他人に押しつける。成り上がりの中小企業経営者に多いタイプだ」

「なんとでも言ってくれ。もうおれは殺人犯だ。何年牢屋に入ることになるかはわからないけど、覚悟はできてる」

富井がなげやりに笑う。

「たとえば、あなたが以前から山名と知り合いだったとして、山名からなんらかの酷い仕打ちを受けたとする。それが原因で、山名の殺害に至った」

「違う」

顔を横に振る直前の、頷きのマイクロジェスチャー。急所である首もとに手をあてるなだめ行動。

「かりに、の話よ。かりに」と念押しをして、絵麻は続ける。

「かりにそういった事情があれば、情状酌量の余地もある。どういうかかわりかによるけど、もしかしたら服役期間が短くなるかもしれない」

富井の視線が激しく泳ぐ。

やはり山名とは以前からつながりがあった。言うべきか言わざるべきか、葛藤(かっとう)しているようだ。

そのとき、扉がノックされ、所轄署員の若手刑事が顔を覗かせた。

「ちょっといいですか」

「西野、お願い」

「了解です」

席を立った西野が、取調室を出ていく。数分ほど立ち話の気配があって、戻ってきた。

「筒井さんたちから報告です」

　所轄署員からの伝言を耳打ちしてくる。西野の声を聞きながら、絵麻は正面に座る若い男を見つめていた。どんな報告がなされているのか気が気でないらしく、そわそわと落ち着かない様子だ。

「ありがとう。なんとかとハサミは使いようね」

「ほんとそうです」

　西野が愉快そうに肩を揺すりながら自席に戻った。

　絵麻はデスクに肘をつき、両手の指先同士を合わせる『尖塔のポーズ』を作って、微笑んだ。自信を表すこのしぐさは、絵麻にとって試合終了の合図だ。

「どんな報告か、知りたい？」

　返事はないが、頷きのマイクロジェスチャーは隠せない。瞳孔が収縮し、酸素を求めて小鼻が膨らんでいる。どちらも恐怖を感じたときに見られるマイクロジェスチャーだった。

「銀河くん――じゃなくて、富井晴樹くん、あなた、亡くなった山名晃太さんと中学のとき同級生だったみたいね」

　愕然とした表情で固まる富井晴樹から、カリスマホスト一条銀河のペルソナが完全に剝がれ落ちた瞬間だった。

7

　しばらく静止画のように固まっていた富井が、やがて笑みを漏らした。

「だったら、なんなんだ」

「これは私の憶測だけど、おそらく中学時代、あなたは山名さんから酷いいじめに遭っていた」

　頷きのマイクロジェスチャー。

「いま、この瞬間、憶測ではなくなった。あなたは山名さんから酷いいじめに遭っていた。間違いない」

「それがどうした。結果は同じだろう」

　富井の『怒り』と『憎悪』は、もはやマイクロジェスチャーというレベルではない。誰が見てもはっきりとわかるほどだった。

「山名さんは中学卒業間際、親の仕事の都合で引っ越した。だから、卒業アルバムの集合写真で一緒に写っているものはない。でもあなたの実家のお母さまが、山名さんのことを覚えていた。よく自宅に遊びに来ていたって」

「違う！」

　富井が般若の形相になる。「遊びに来ていたんじゃない。集金に来ていたんだ。やつに払うため、親の財布から金を抜き取ったこともある。それなのに、遊びに来ていただなんて……そんな認識だから、おれは学校に行けなくなったんだ」

　不登校になったのにはっきりとした原因はない、という富井の発言は、嘘を示すだめ行動をともなっていた。いじめという明確な原因があった。元凶である山名は引っ越し、高校に進学して環境が変わったものの、原因を排除したからといって傷つけられた心がすぐに回復するものではない。学校に足を向けるまでには至らなかった、ということか。

「山名さんは、あなたのことを？」

「わかってたらすぐ辞めてただろうな。おれはダイエットして、おしゃれにも気を遣うようになって、メンズエステにも通って自分を磨いたから、昔の同級生が見てもおれと気づかないと思う」

「でも、あなたは気づいた」

「忘れられるわけがない。見た瞬間にわかったよ、中学のときにおれをいじめていた、山名だって」

「だから指導にかこつけていびった」

「そうだよ。新人にたいしてそこまで関心を持つこと自体珍しいから、ほかのホストたちはえらく驚いていたけどな。見込みがあるから厳しくしてるんだと誤解したやつもいたみたいで、それが山名の耳に入ったのは好都合だった。理不尽な言いがかりやいびりも、期待されてるからこそって解釈してたみたいだからな。普通ならさっさと辞めるところを、健気に踏ん張ってた」

憎々しげに吐き捨て、富井が片膝を抱えながらふんぞり返る。

「もういいだろ。かつて手ひどくいじめてきたやつが、新人ホストとして入店してきた。だからいびり倒してやった。だがいくらいじめても、気が済むことはない。あいつが、はいはい、すいません、頑張りますって卑屈に頭を下げてくるたび、むかっ腹が立ったし、憎しみは増した。早くバックれちまえばいいのに。でないとこっちが爆発して、ぶっ殺してしまうかもしれない。この業界でのし上がろうなんて夢はさっさと捨てて、もう明日から来るんじゃない。そう思っていた矢先に、あんなことが起こったんだ。ついにやっちまったと思った。それまで抑えていた怒りや憎しみが、酒で解放されちまったんだって。記憶はないけど、間違いなくおれがやった。間違いない。だってそれだけの憎しみを抱いてたんだから」

これ以上話すことはないという感じに、富井が軽く手を上げる。

「山名さんとの関係を隠していたのは、一条銀河のイメージを守るため？」

絵麻の質問には、面倒くさそうな頷きが返ってきた。

「だって一条銀河だぜ？　歌舞伎町じゅうにその名を轟かせる、カリスマホストだぜ？　ひと月で億を売り上げる、完全無欠のモテ男だぜ？　そのイメージを築き上げるために、どんだけ頑張ってきたと思うよ。そんな男が中坊のころのいじめを根に持って、元いじめっ子を殺したなんてかっこ悪いじゃん。ただいじめられてたってだけでも一条銀河っぽくないのに、いまだに根に持ってるなんてさ」

「そうかな」と、絵麻はデスクに頬杖をついた。

「私は人間らしくていいと思うけど。人間は過去から逃れられない。過去の呪縛が、いまのあなたを形成している」

「わかってないな。人間らしくちゃダメなんだ。一条銀河は人間じゃない。だからクソもしないし、いじめられた過去なんてないし、そもそも過去をいつまでも引きずらない。普通の男相手に、何百万も金落とす女はいないっしょ。夢がないとさ。現実には存在しない完璧すぎる男、それがカリスマホストの一条銀河なんだ」

「なるほどねえ」と、絵麻は唇をすぼめる。

「だけど私が相対しているのは、人間だから。一条銀河じゃなく、大成功しても、いまだに過去のいじめを許せないでいる富井晴樹くんだから。ようやく自分をさらけ出してくれて嬉しいよ」

「おれは嬉しくないけどね。先輩ホストの暴力指導じゃなく、過去のいじめが原因だって報道されちゃうんだろ？　このご時世じゃ、あっという間に個人が特定されて、自称同級生やらがネットにあることないこと書き込むに違いない。一条銀河のブランドはもう終わりだ」

　完全に観念したらしく、富井が大きく仰け反って天を仰いだ。

　それから絵麻に視線を戻す。

「ねえ。なんとかならない？　いじめ云々はなしで、たんに後輩ホストをいびり倒して、反論されたからブチ切れて殺したってことに」

「それは難しい。もう記録しちゃったし、直接的には関係あるかわからないけど、犯行動機に大きくかかわってくる部分でもあるから」

　西野を振り返ると、しっかり記録していますという頷きが返ってきた。

「マジかあ。でも、動機に関係ない可能性もあるじゃん。ぜんぜん関係ないことでトラブルになって、ブチ切れて殺しちゃったってことも」

「そうね。でも、そうだとしても過去の因縁がなければブレーキがかかったかもしれないから、なかったことにはできない」

　はあっ、と深いため息をつき、富井がうなだれる。

　が、絵麻の提案で弾かれたように顔を上げた。

「なにが動機か、思い出してみる？」

「そんなことできるの？」

「一〇〇％ではないけど、思い出す方法はある。人間の記憶ってすごく厄介でね、思い出そうとしても思い出せない、喉もとまで出かかっているのに……ってこと、あるじゃない」

「うん。よくある」

「それって、情報から記憶に変換する〈記銘〉、短期記憶を長期記憶として定着させる〈保持〉、保持した記憶を思い出す〈想起〉の三段階のプロセスのうち、〈想起〉が上手くいっていないってことなの。そして〈想起〉できないからといって、〈保持〉されていないとは限らない。どこにしまったかわからなくなっているだけ、という可能性もあるの」

「頭の中のどこかに残っている、ってことか」

「確実ではないけどね。やってみる？」

　自分の知らない自分を知るのには、勇気がいる。やや躊躇する間があったものの、富井は頷いた。

「お願いします」

　たぶん、無意識の敬語だ。

「わかった。じゃあ、目を閉じて」

富井が椅子に座り直し、目を瞑る。

「飲み会があった居酒屋の様子を思い浮かべてみて。記憶は断片的かもしれないけど、静止画の前後を膨らませるイメージで……周囲で同僚たちが騒いでいて」

そこで富井が口を開く。

「コールをしてる。あいつら、店でやるのと同じような感じでコールしてて、店員から注意されてた。あまりにうるさくて、おれもときどき話を中断される」

「その調子。話をしている相手は？」

「山名だ。座布団の上で一人だけ正座している。おれの隣に座ってて、最初は普通に胡座をかいてたんだけど、客のグラスが空いてるのに気づかなかったことでおれが説教を始めたら、正座してしょげかえってた」

「そのとき、あなたはどんな気持ちだった？」

「ムカついてた。あいつ、すみませんってすぐに謝るんだ。その謝り方が、反省してるっていうより、さっさと話を終わらせたいっていう感じがして、めちゃくちゃムカつく。どんだけ言っても響いてる感じがしない。だからこっちだけエキサイトしてるみたいになって、それが余計に腹立つっつーか」

富井が目を閉じたまま、眉間に深い皺を刻む。明白な『怒り』。頭の中にしっかりと映像を描けているようだ。

「そのうち、山名さんがトイレに立つのよね」

「そうそう。ちょっとトイレいいすか……っていう言い方から、長い説教に嫌気が差してるっていう気持ちが伝わってきて、カチンときた。トイレに行きたいんじゃなくて一時避難したんだ。だからあいつがトイレから戻ってくるタイミングで立ち上がって、外で話しようやって連れ出した」

　断片的だった記憶が、上手くつながったようだ。ここまでくれば後は〈想起〉を邪魔しないように誘導してやればいい。

「外はどんな感じ？」

「肌寒い。とっくに終電は過ぎてるけど、歌舞伎町だからそこそこ人通りはある。火事でも起こったのか、遠くからサイレンが聞こえる。あと……下水臭(くさ)い。東京に来たときには気になってしょうがなかったけど、いつの間にか慣れた臭(にお)い。でも思い出したように臭(くせ)えなって、気になるときがある」

　かなり具体的にイメージできているらしく、富井が鼻をひくつかせ、不快そうに顔を歪める。

「そのとき、山名さんは？」

「火事っていうより救急車じゃないっすかって、音のするほうを見てる。おれはその様子に、こいつ、先輩から外に連れ出されたのになんでこんな緊張感がないんだってさらにムカついた」

「そして居酒屋からほど近い、ビルとビルの間の裏路地に、山名さんを連れていくのよね」

「いや」と、富井が目を閉じたまま顔を上げた。

「おれが連れていったんじゃない。しばらくその場で話してたんだけど、ここじゃうるさいからあそこで話をしましょうって、あいつが言い出した」

意外な展開だ。〈想起〉を妨げないように気をつけなければ。

「そうだったのね。山名さんに誘われて裏路地に入って、それからどうしたの」

しばらく黙っていた富井に『驚き』のマイクロジェスチャーが表れる。

「土下座した……」

「えっ？」

「やつがいきなり土下座したんだ」

だから『驚き』か。裏路地に入って突然土下座されたら、誰だって驚く。

「そして、あなたはどういう反応を？」

「なんのつもりだって訊ねた。わけがわからない。逆ギレしてぶん殴られるんじゃないかってひそかに警戒してたし、びびってたから」

「山名さんは、なんて？」

　富井の唇が細かく震え始めた。

　やがて閉じたまぶたの隙間から、頬に涙の筋がおりる。

「すまなかった……」

　声が震えていた。

　絵麻が背後を振り返ると、西野は記録係の席から身を乗り出すようにして、富井のほうを見つめている。

「それは、山名さんの言葉？」

　絵麻の問いかけに富井が頷く。

「土下座して声がこもってるし、通りからは酔っ払いの声やらサイレンやら聞こえてくるし、なにより予想外すぎて、最初はなにを言ってるのかわからなかった。そしたらあいつ、もう一度言ったんだ、すまなかった……って。今度ははっきり聞き取れた。だから訊いた。なにがだ……って」

「山名さんの返事は？」

　富井はしばらく唇を震わせていた。その間も涙がとめどなく頬を伝い落ちる。

　やがて途切れ途切れに言葉を吐き出した。

「中学のとき……いじめて……いじめてすまなかった。おまえ……富井だよな……見た目はだいぶ変わったけど、目もとの感じが昔とおんなじだから、すぐに……すぐにわかったよ。おまえの怒りは、よくわかる……昔自分をいじめてたやつが新人として入ってきたんだから……そりゃムカつくよな。追い出したくもなるだろう。でもおれ……この仕事に懸けてるんだ。ぜったいに歌舞伎町でのし上がってやるって、決めたんだ……だから許してくれ……昔のことは……水に流して」

最後のほうは言葉になっていなかった。

「完全に思い出せたみたいね。あなたにとっては、思い出さないほうがよかった記憶かしら」

富井がゆっくりとまぶたを開く。その顔には、より強い『怒り』が表れていた。

「いいえ。思い出せてよかったです。あいつは、おれに気づいていた。おれはあいつにムカついて暴力を振るったんじゃない。おれのことを一条銀河じゃなく、富井晴樹だと知る人間を生かしておくわけにはいかないと思って、その一心であいつをボコボコにしました。どうして自分があんなことをしたのかよくわかったし、たしかに自分のやったことだと納得できた。そして――」

富井はいったん目を伏せ、軽く頷いた後で視線を上げた。

「おれは、自分のやったことを後悔していません」

その表情は、やけにさっぱりとしていた。

8

「やっぱ、理解できないなあ」

三杯目のジョッキを両手で持ちながら、西野が複雑そうな顔をする。

「なーに一人で浸ってるの」

絵麻は枝豆をサヤごと口に含み、歯で中身をこそいだ。

新橋ガード下の居酒屋で、恒例の祝勝会の最中だった。絵麻と西野はカウンターで肩を並べている。

「いやだって、富井が守りたかったのは一条銀河っていう虚像のイメージだったわけですよね」

「そういうことになるわね」

かつてのいじめっ子がしゃあしゃあと許しを乞うてきたことに腹を立てたのではない。黒歴史として封印してきた過去の自分を知る人間を排除するのが富井の目的であり、事件の動機だった。

「いじめられたことを根に持って殺したっていうほうが、よほど理解できるというか」

「あんたは見栄(みえ)とは無縁だもの」

いや、そうでもないか、と絵麻は続けた。「エンマ様のふりしてキャバクラで女の子口説いたりしてたわよね。口説けてはいなかったけど」

「勘弁してくださいよ。それ僕の黒歴史ですから」

「最近は行ってないでしょうね」

不自然な間があった。

「行ってないです」

「なんで行ってるの」

質問から回答までの時間——応答潜時の長さも、発言の真偽を測る重要な指標となる。

「行ってないですってば。キャバクラには」

引っかかる言い方だった。

「どこ行ってるの」

「ガールズバーです」

「あんたねえ、琴莉ちゃんという存在がありながら——」

西野が両手を振りながら懸命に弁解する。

「いやいや。琴莉にはちゃんと報告してますから。内緒で行ってるわけじゃありません」

「琴莉ちゃんはなんて言ってるの」

「私と一緒にいることでなにかを我慢してほしくないし、どのみち女の子を口説くことはできないだろうから……って」

　頭を抱えた。

「二人のことだから、私が口を出す筋合いじゃないんだけど」

「琴莉とは順調なのでご心配なく」

「琴莉ちゃん、マジで良い子だよね。天使じゃない。あんた、ぜったいに逃げられちゃダメだよ」

「わかってまーす」

　脳天気にジョッキを空ける西野を見ていると、不安になってくる。本当にわかってるのか、こいつ。

「でも、それぐらいあけすけなほうがお互い疲れないっていうこともあるかもね。富井みたいにプライドが高すぎると、過去の自分を否定したいあまり、殺人にまで手を染めてしまうのだから」

「いじめられて不登校になった過去は、富井にとっての黒歴史だった。だからこそ、過去の自分を知る人間を生かしておくわけにはいかなかった……ってことですか」

「あくまで富井の思考としてはね。いじめられたことも、それが原因で不登校になったことも、本来は恥じゃない。むしろ恥じるべきは山名のほう」

「そうですよね。富井はつらい過去のトラウマを克服して成功したことを、むしろ誇るべきです」

西野が焼き鳥の串をタクトのように振りながら力説する。

「でも、徹底して過去を封印したい、変わりたいという思いが、成功の原動力になったのは間違いないんだけど」

「そっか。コンプレックスがあるからこそ頑張れるという部分もありますね。やっぱ難しいな」

「あんたみたいになんでもかんでも開けっぴろげで恥知らずだと成長しないし、過去の自分を否定する気持ちが強すぎると、我が身を滅ぼすこともある。どっちかに振り切らないのが大事ってことよ」

「楯岡さん。僕、そんなに成長してないですか」

西野は不服そうだ。

「さあ。成長してるんじゃない」

「適当に答えないでくださいよ」

西野が絵麻のジャケットの二の腕の部分を引っ張ったそのとき、出入り口の引き戸が開いて綿貫が顔を覗かせた。

「いたいた。筒井さん、いましたよ」

綿貫に続き、筒井も店に入ってくる。

「な。やっぱりここだったろ。バカの一つ覚えだ」

絵麻と西野を両側から挟むかたちで、筒井と綿貫がカウンター席に着く。

「どうしたんですか」

西野は左右を見ながら訊いた。

とりあえずビールで、おまえもビールでいいか、生大二つ、と、カウンター越しに注文した後で、筒井がスラックスのベルトを直しながら言う。

「どうもこうも。今回の事件の真相にたどり着けたのは、おれたちのおかげだろう。メシぐらい奢ってもらってても、バチは当たらないんじゃないかと思ってな」

綿貫が大きく頷いている。

「あの程度の貢献で、後輩にたかりに来たっていうんですか。とんだパワハラ」

絵麻はあきれて肩をすくめた。

「パワハラだなんて、人聞きの悪いことを言うな」

「ハラスメント認定するのは被害を受けたほうです。後輩の私がパワハラと感じたらそれはパワハラなんです」

「やれやれ。生きにくい世の中になったもんだな」

カウンター越しにジョッキを受け取りながら、筒井が顔を歪める。

「正常化に近づいただけです。被害を受ける側の人間には生きやすくなっています」

「たしかに、最近はネットやSNSも発達しているから、パワハラやいじめも可視化されやすくなっています」

綿貫がジョッキに口をつけながら言う。自分の行動をいじめと同列視されたと感じたのか、筒井が不快そうに顔を歪めた。

「陰湿ないじめが増えたなんて言うけど、表に出てなかっただけで昔だって酷いいじめはありましたよね」

学生時代から体育会系社会で生きてきた西野には、心当たりがありすぎるようだ。嫌な記憶がよみがえったように渋面になる。

「学生時代に周囲の大人がいじめを止められていたら、今回の事件も起こらなかったのかもしれない」

眼鏡を直しながら、綿貫が神妙な顔つきをする。

「だが、あれじゃないか」と、筒井が小鉢から勝手に枝豆をつまんだ。

「学生時代のいじめがなかったら、カリスマホスト一条銀河も生まれていなかった」

「そうですかね」と西野。

「そらそうよ。コンプレックスとか怒りって、かなり大きなモチベーションになるからな。現状で満足できているのなら、努力なんてする必要がない」

「だからといっていじめが肯定されることは、けっしてありません」

絵麻のきっぱりした物言いに、筒井は少し怯んだようだ。

「わかってる。ただ、現在は過去の積み重ねの上にあるって言いたいだけだ。いじめはいかん」

「だから、ここも割り勘です」

「はあっ？　なんでそうなる」

筒井が目を見開く。

「っていうか、先輩なんだからむしろご馳走してください」

「えっ。筒井さんの奢りですか」と西野も調子を合わせてきた。

「じゃあ大将、生おかわり……いや、生だと何杯飲んでもたいした金額にならないから、日本酒にしようかな。なにがある？　高いやつ」

カウンターの中から店主が応じる。

「うちでいちばん高いのとなると、鍋島ですかね」

「じゃあそれ」

「私も同じの」

「おれもお願いします」

絵麻だけでなく綿貫も乗っかってきて、筒井は動揺を露わにした。

「おまえまでなにやってんだ」

「っていうか、グラスじゃなくてボトル入れちゃえば」

「ふざけるな、楯岡！」

「なら、焼酎ですかね。大将、ボトルなにがあるの」

「西野、いい加減にしろ！」

「うちにあるのだと、芋焼酎の魔王がいちばん高級です」

「大将までやめろって！」

「魔王、いいですね。自腹じゃなかなか飲めない」

「綿貫、きさま！　おまえら寄ってたかって……こんなの、逆パワハラじゃないか！」

全身をわななかせながらの筒井の抗議が、狭い店内に響き渡った。

第三話

天才子役はミスキャスト

1

「やっぱ、すごいデカいっすね」

西野は手でひさしを作り、目の前にそびえ立つ高さ二〇〇メートルの建造物を見上げる。

「あんた、いちおう東京の警察官でしょ。タワマン見たことないの」

楯岡は腕組みしたまま言った。

「いちおう、じゃなく、紛れもなく東京の警視庁の捜査一課ですし、タワマンも日常的に見てます。でも近くで見上げると、あらためてデカいなと思って。だってすごくないですか。このデカい建物、人が作ったんですよ」

すごいなあ、と上空を見上げていると、いつの間にか楯岡の姿が消えている。

「待ってくださいよ、楯岡さん」

楯岡を追い抜いてエントランスに入り、集合インターフォンの前に立った。

「三〇一一でしたっけ」

スマートフォンに記録した住所と記憶を照合しながら、部屋番号を押した。

ほどなく『はい』と、男の声が応じる。

「先ほどお電話した警視庁の西野です」

『お待ちしておりました。どうぞ』

大きな木製扉の錠が外れる音がした。

二人はロビーに入り、エレベーターで三十階へと向かう。

「エレベーターの速度も、普通のより速いんだ」

扉の横にデジタル表示された階数の数字が、ものすごい勢いで増えている。

「いちいち感心してるわね」

「だってすごくないですか。本部庁舎のエレベーターなんて、この何分の一ぐらいのスピードだと思いますよ」

あっという間に目的の階に到着した。

案内図を頼りに廊下を歩いていると、前方の部屋の扉が薄く開いた。無精ひげで頬のこけた、背の高い男がこちらを見て軽く会釈をする。あそこが三〇一一号室のようだ。

西野は歩速を上げて男に近づいた。

「染井健太郎さんでいらっしゃいますか」

「そうです」

染井がやや警戒した様子で顎を引く。

西野は懐から警察手帳を取り出した。

「警視庁捜査一課の西野です。こっちは楯岡」と、手で楯岡を示して紹介する。

「お忙しいところ、お時間をいただいてすみません」

「いえ。かまいませんけど……ひとまず上がってください」

「ありがとうございます」

玄関に足を踏み入れた瞬間、その広さに声を上げそうになる。リビングのソファに腰を下ろすまで、高揚が表に出ないよう懸命に自制した。

「コーヒーでいいですか」

「おかまいなく」

西野が手を振って遠慮したときには、すでに染井は部屋を出ていこうとしていた。

楯岡と二人きりになって、ようやく水から顔を出した心地だ。

「すっごいですよ、楯岡さん。めちゃくちゃ広いし、おしゃれな部屋です」

「あんたに言われなくてもわかってるよ。目はついてるんだから」

鬱陶しそうに振り払われた。

「あの玄関のよくわからないオブジェも高いんだろうなあ」

「あれがよくわからなかったのは同意。お金持ちの趣味はわからないわね」

「すごいよなあ。でも、そりゃそうだよな。いま、佳乃ちゃんのこと、テレビで見ない日はないですもんね。あんな人気者がつましい暮らししてたら、むしろ夢がなくてガッカリしちゃうよなあ」

そんな話をしていると、染井が部屋に戻ってきた。盆に載せたコーヒーカップを、二人の前に並べる。

「うん。このコーヒー、めちゃくちゃおいしい。人生でいちばんかもしれません」

きっと良い豆を使ってるのだろうなと思ったが、「そうですか。インスタントですけど」と申し訳なさそうに頬をかかれた。

「そうでしたか。インスタントにもすごくおいしいのがあるんだな」

西野はしげしげとカップを見つめる。

「いえ。スーパーで売ってる一瓶五百円ぐらいのやつです。ちょうど豆を切らしていて、すみません」

染井が告げた銘柄は、刑事部屋に常備されているのと同じものだった。雰囲気にあてられておいしく感じただけのようだ。

「バカ舌にはそれぐらいがちょうどいいんです。下手に高級なものを与えるとお腹壊しちゃうかもしれないんで」

涼しい顔でカップに口をつける楯岡を睨んだが、バカ舌なのは間違いない。インスタントにすっかり味覚が馴染んでしまったようだ。

「それはそうと、今日はいったいどのような……捜査一課って、殺人事件とかを調べるところですよね」

染井が不安そうに二人の顔を見る。

「よくご存じですね」

栂岡がカップをソーサーに戻しながら言う。

「刑事ドラマにも出演してるので」

「そうでしたね。あの、館山ひろとが主演のやつ。シングルファーザーの館山ひろとの娘役で」

西野の言葉に、染井が笑顔になる。

「ご覧くださっていたんですか」

「リアルタイムでは見られないので、ぜんぶ録画してました。館山ひろと、大好きなんですよ。めちゃくちゃ渋いですよね。僕、けっこう館山ひろとに似ているって言われるんですけど」

染井の顔にわかりやすい困惑が浮かぶ。

「気にしないでください。たぶん視力に異常があるので」

栂岡がしらけた顔で言った。

「なんでですか。自分で似てるって言ってるんじゃなくて、似ているって言われるんですよ。視力は関係ないでしょう」

「じゃあ異常があるのは聴力ね」

ははっ、と愛想笑いしているが、染井は早く本題に入りたそうだ。どうして事故として処理されたはずの案件で、いまごろ警察が——しかも捜査一課が事情聴取を申し入れてきたのか、気になって仕方がないのだろう。

この部屋のバルコニーから染井の妻・史子が転落死したのは、五日前のことだった。タワーマンションの三十階から転落した史子は、全身を強く打ち、ほぼ即死だったとみられる。通行人の巻き込み事故がなかったのが、不幸中の幸いだった。

この事故が世間で大きく報じられたのは、この夫婦の娘が有名人だったせいだ。染井佳乃。いまテレビや映画で引っ張りだこの人気子役だった。あどけない少女の見た目にそぐわない落ち着いた物腰とおとなびた発言から、ネット上では染井佳乃は人生二周目という冗談が定番化しているようだ。転落死した史子は娘のマネージャーをしており、健太郎は佳乃の個人事務所の社長だった。

マスコミで大きく報じられ、世間の注目を集めたものの、所轄の豊洲臨海署は事故という判断を下している。本来ならば捜査一課の出る場面ではない。

にもかかわらず西野たちがいまこの場所にいるのは、楯岡が葬儀の場でコメントする染井健太郎の映像に目を付けたからだった。妻の死を悼む染井の顔には『悲しみ』

の微細表情がなく、加えて嘘を示すマイクロジェスチャーも散見されたのだという。

たまたま在庁番で身体が空いていたこともあり、二人は江東区豊洲にあるタワーマンションに足を向けた。

「楯岡さん。染井さんもお忙しいでしょうから、そろそろ……」

本題に入りましょう。

西野に促され、楯岡が染井を向いた。

「ネットに上がっている映像で見たんですが、史子さんがバルコニーから転落したとき、仕事の打ち合わせで外に出ていたとおっしゃいました」

「ええ。不慮の事故なので結果は同じかもしれませんが、もし私が一緒だったらどうだったのだろうと、どうしても考えてしまうんです。後悔してもしきれません」

葬儀のときのコメントと、ほぼ同じ内容だ。

「本当に自宅には、いらっしゃらなかったんですか」

意味がわからないという感じに、染井が目を瞬かせる。

「いませんでした」

「本当ですか」

楯岡が軽く身を乗り出す。染井はむっと口角を下げた。

「疑うんですか。娘に確認してもらってもかまいません。いまは自分の部屋にいると思いますけど、呼んできましょうか」

「いいえ。そこまでしていただく必要はありません」

　腰を浮かせようとする染井を、楯岡は軽く手を上げて止めた。

「佳乃ちゃんは、いまどんな様子ですか」

「落ち込んでいます。母親と過ごす時間が長かったし、無理もありません。当分は仕事もセーブしていこうと思っています」

　その後、五分ほど話を聞いて、二人は染井宅を辞去した。

　エレベーターホールでボタンを押したが、誰かが使用中らしく、すぐには箱が来ない。

「やけにあっさり引き下がりましたね」

　担当外の案件にわざわざ首を突っ込むのだから、よほどの確信があると思っていた。その場で殺人を暴いて連行することもありえると覚悟していたのだが。

「もしかして楯岡さん、佳乃ちゃんに会えるか期待してただけじゃ……って、痛てて」

　耳を引っ張られた。

「あんたと一緒にしないで。そんな職権濫用するのなら、どうせなら吉沢亮くんとか平野紫耀くんとかのイケメンに会いに行くわ」

職権濫用を完全否定するわけじゃないんだ。

「じゃあなんで……葬儀のときの映像を見て、染井は嘘をついてるって言ってましたよね。仕事の打ち合わせで外に出ていたって言ってるけど、打ち合わせには行ってないって」

耳をさすりながら、西野は言った。いつもながら手加減がない。この前の事件のとき、いじめやパワハラはぜったいダメと言っていたような気がするが。

「それは間違っていない。打ち合わせに出てたっていうのは、嘘」

「じゃあやっぱり、染井が妻を殺したんですか」

しばらく顎に手をあてて思案顔をしていた楯岡が、かぶりを振った。

「わからない。自宅にいなかった、というのは本当みたいだし」

意味がわからない。

「どういうことですか。打ち合わせに出ていたのは、嘘。でも自宅にいなかったのは本当」

つまり打ち合わせではなく、ほかの用件で外出していたということだろうか。

「そういうこと。だからよくわからなくなっちゃって、いったん出直すことにしたの」

妻の転落時に自宅にいなかったのであれば、染井が妻を突き落とした可能性はない。

とはいえ、事件性も疑われる重大な事故についての事情聴取で警察に嘘の証言をしたのは、たしかに引っかかる。なにか探られてはまずい事情があるのだろうか。

エレベーターの扉が開いた。

箱に乗り込み、ロビー階を示す『L』のボタンを押す。

「打ち合わせは、嘘。自宅にいなかったのは、本当……」

階数表示の数字を見ながら、楯岡がぶつぶつと呟いている。思考の邪魔にならないよう、西野は口を噤んだ。

ロビー階に到着した。

まるでホテルのラウンジだ。天井から吊り下げられたシャンデリアの光が、磨き上げられた大理石の床に反射している。窓際にはテーブルや椅子が並んでいるが、使用されているものはない。

楯岡は出入り口に向かわず、反対方向にあるカウンターに足を向けた。

カウンターの中にはスーツを着て髪を綺麗にセットした、上品そうな中年の男が立っている。コンシェルジュだ。コンシェルジュまでいるのかと、入ってきたときに驚いた。

コンシェルジュは笑顔で首を軽くかしげ、歓迎を示した。

楯岡はカウンターに手をつき、警察手帳を提示する。

「このマンションの出入り口は、ここだけですか」

言いながら、オートロックの大きな木製扉を指さす。

「こちらと非常階段、あとは地下の入居者専用駐車場からも、直接出入りできるようになっております。もちろん、すべての出入り口では専用のカードキーが必要になりますが」

見た目の印象通りの、穏やかな受け答えだ。

「非常階段と地下の駐車場に防犯カメラは？」

「もちろん、設置しております」

「つまり、防犯カメラに捉えられずに出入りすることは不可能」

「そういうことになるかと」

いったいこの問答になんの意味があるのか。

首をひねっていた西野に、突如閃き（ひらめき）が弾けた。

「あっ……」

打ち合わせのために外に出ていたのは、嘘。

しかし自宅にいなかったのは本当。

つまり――。

2

扉を開けて刑事たちを出迎えた染井は、迷惑そうな態度を隠そうとしなかった。

「何度もすみません」

絵麻がにっこり会釈しても、表情は険しさを保ったままだ。

「どうなさったんですか。帰られたと思っていましたが、まだなにか？」

「中でお話をうかがっても？」

「時間、かかるんですか？」

「そんなにかからないと思います」

「なら——」

玄関先で済ませてくれないかとでも言おうとしたのだろうが、「失礼しまーす」と靴を脱いで部屋に上がり込んだ。染井はなにか言おうと口を開きかけたものの、諦めたらしくため息をついて追いかけてくる。

先ほどのリビングに入り、ソファに腰を沈める。染井の小さな舌打ちが聞こえたが、あえて聞こえないふりをした。

「なんなんですか。この後、予定があるんです」

今回はコーヒーを出す気遣いはないらしい。

「お仕事の予定ですか」

「ええ」

「どういったお仕事の？」

「どうって……佳乃が急遽仕事をキャンセルしてしまったことで、各方面にご迷惑をおかけしてしまっていますから」

「謝りに？」

「そういうことです」

「どこに出かけられるんですか」

「だからそれは……」

染井が『怒り』を覗かせる。

「当然、このマンションの外、ということですよね」

「当たり前でしょう。なにをおっしゃって――」

無視して声をかぶせた。

「どうやって外に出るのか、教えていただけませんか。奥さまが亡くなられたときにも外で打ち合わせをしていたとおっしゃいましたが、防犯カメラには、あなたがこのマンションに出入りする姿が映っていないんです。どうすれば防犯カメラに捉えられずに外に出られるのか、教えていただけませんか」

染井は一人だけ時間が止まったようだった。大きく目を見開いたまま固まっている。

「ええと、なんのことを……」

懸命に取り繕おうとするが、頭が上手く回らないらしい。

「当日の防犯カメラの映像を確認させてもらいました。このマンションの出入り口はメインエントランスと地下駐車場、あとは非常階段の三か所しかなく、それぞれ複数台の防犯カメラが設置されています。そのどれにも映らずに出入りするのは、それこそほふく前進でもしない限り難しいということでした。それなのに事故当日、染井さんがマンションを出入りする様子が捉えられていないんです。これはいったい、どういうことでしょう」

「どうもこうも……なんというか……」

激しく視線が泳ぎ、弁明の言葉を探している。だが見つかるわけがない。言い逃れしようはないのだ。

「事故発生時、あなたはこの建物から出ていない。違いますか」

「あ……いや……」

もはや本人からの言葉は必要がないほどの狼狽ぶりだった。

「史子さんが亡くなったとき、あなたは仕事の打ち合わせのために外に出ていたと説明しました。でも、それは嘘だった。素直に考えれば、あなたのアリバイは崩れることになるので、あなたが――」

「違います！」と、染井が両手を広げて潔白を訴える。

「私が妻になにかしたとか、そういうことはありません！　それだけはぜったいにない！」

「それならどうして警察に嘘の供述を？」

染井は口の中でなにやら呟いたり、顔を歪めたりしながらしばらく葛藤している様子だったが、やがてがっくりと肩を落とした。

「実はこのマンションの二十五階にも部屋を借りています。そこにいました」

絵麻と西野は互いの顔を見合わせた。

「なぜ警察に虚偽の証言を？」

染井は言いにくそうに言葉を絞り出した。

「女です。私名義の部屋に、女を住まわせていました。妻が転落したとき、私は女と一緒でした。でも、そんなことを娘に知られるわけにはいかないから、事情を知る映像制作会社のスタッフに頼んで、私と打ち合わせをしていたと証言してもらったんです」

絵麻は声にたっぷりの軽蔑をこめた。

「娘さんに知られたくないと思っていて、知り合いにアリバイ工作まで頼むのに、同じマンションに住まわせるなんてずいぶん大胆ですね。しかもあなたは、娘さんの稼ぎでこんな良い暮らしができている立場なのに」

「言葉もありません」

染井はもはや顔も見えないほど、深くうなだれている。

心情的にはもっと攻撃してやりたいが、関係者の不倫を暴くのが仕事ではない。

絵麻は確認した。

「もう嘘はないんですね」

染井が顔を上げる。

「はい。天地神明に誓って、嘘はありません」

芸能関係者らしい芝居がかった口調とおおげさなワードセンスに辟易するが、嘘ではなさそうだ。

「参考までに、女性の名前をうかがっても？」

「かまいませんが、彼女は関係ありません。なので、彼女の名前が表に出ないようにしてもらえませんか」

この期に及んで虫の良い話だ。

返事はせずに質問を繰り返した。

「名前は」

「住友ゆりです」

「えええええっ！」

突然西野が大声を上げて、両肩が跳ね上がる。

「いきなりなによ。びっくりするじゃない」

「だって住友ゆりって、あの住友ゆりですか。元地下アイドルでいまはグラビアアイドルの」

「よくご存じですね。けっこうマイナーなのに」

「僕、地下アイドル時代からのファンですよ。彼女の動画投稿チャンネルも登録してて、いつも見てます。ライブ配信でコメントを拾ってもらったこともあるんです。〈フリー筒井〉っていうハンドルネームなんですけど」

「あんた、そんなことやってたの」

しかも筒井の名前を使って。

「いつも配信してるあの背景、このマンションだったたんですね」

西野は頬を上気させて興奮気味だったが、「この人がいる隣で配信してたこともあるんじゃないの」と指摘すると、この世の終わりのような顔になった。

「そうか……そう考えると、あんた！」

染井につかみかかりそうな気配を察し、絵麻は西野の肩に手を置いた。

「あんた、妻子ある身でなにやってんだよ！　普通に同世代の彼氏がいるとかなら、僕だって納得するよ！　彼女とリアルに付き合えるとまでは思ってないし、せめて素敵な男見つけて幸せになってほしいからさ！　でもあんた、彼女のお父さんぐらいの年齢じゃないか！」

ふたたび立ち上がろうとしたので、「西野っ」と肩を押さえつけて座らせた。

「服務中。それにその女の子だって、無理矢理この人になにかされてるわけじゃない。妻子ある身の親子ほど年齢の離れた男の愛人になることを、自分で選んでいる」

西野は魂を抜かれたように、がくっと首を折った。

「住友さんには後ほどあらためてお話をうかがいます。まずは、あらためて事故当日の行動をうかがえませんか。本当の行動を」

「本当の」というところを強調すると、染井は小さく身体を震わせた。

「わかりました。あの日、私は仕事の打ち合わせと嘘をついて、自宅を出ました。午前十時前だったと思います。そしてそのままゆりの――住友の部屋に向かいました」

今度は「ゆりの」というところで、燃えかすのようにうなだれていた西野がびくっと身を震わせる。面倒くさい男どもだ。

「それからずっと、住友さんと一緒に？」

「ええ。午後四時過ぎに佳乃から電話があって、史子がバルコニーから転落したと聞きました。さっきの音はそれだったのかと、目の前が真っ暗になりました。すぐに自宅に帰ろうと思ったけど、外で打ち合わせをしていることになっているので、あまりに帰宅が早すぎると怪しまれます。ですから十分ほど待って、自宅に帰りました」

「娘が一人で不安がってるっていうのに、嘘がバレないように十分も待たせたっていうのか。すぐ帰ろうと思えば帰れたのに。マジでクズ中のクズだな」

西野が憤然と鼻息を吐く。不倫相手が大好きなグラビアアイドルと知ったこともあって容赦ない。

それはそうと、「音を聞いたの」絵麻は質問した。

「はい。換気のために窓を開けていたので。たぶん、時間的にもあのとき聞いた音がそうだったと思うんですが……どすんと、なにかが地面に落ちたような音がしました。なんだろうねと話していたんです。まさか史子だったなんて」

「あんたなあ、重要な証言じゃないかよ。転落の瞬間を見た人間はいないし、音を聞いたなんて証言もほとんどなかった。それなのに、あんたはちっぽけな保身のために警察に嘘をついたんだぞ」

西野はもはや、道ばたで因縁をつけてくるチンピラのようだ。

「申し訳ない……」

「申し訳ない、で済むなら警察なんていらないんだよっ。なんであんたみたいな男とゆりちゃんが」

正義感というよりは私怨が勝っているようだ。行動は同じなので結果オーライか。ここは西野に任せよう。

「すまないと思ってます」

「だから謝って済む問題じゃないんだって！　あのな、捜査ってのは初動がいっちばん大事なんだよ。物証は時間とともに壊れていくんだから、いかに早く有効な手を打って、壊れやすい証拠を確保するかが勝負なの。それをできるかどうかで、事件が解決するか、迷宮入りするか、結果が大きく変わってくるんだ」

「でも、今回は事故だし……」

「事故かどうかを判断するのは警察の仕事だろうが！」

怒鳴りつけられ、染井が身を震わせる。

「犯罪者だって捕まりたくないんだから、犯行を事故に偽装するかもしれない。だから早い段階でしっかり現場を見て、証拠を集めて、関係者から話を聞いて判断するんだ。関係者の記憶だって時間とともに薄れるから、正確じゃなくなってくるわけだし」

救いを求める視線がこちらを向いたが、絵麻は気づかないふりで視線を逸らした。しーらない。今回の件で染井が罰せられることはなさそうだし、少しはお灸(きゅう)を据えてあげたほうがいいだろう。

「人間のクズ！　ボケ！　カス！　金髪ブタ野郎！」

さすがにここまで来るとやりすぎだし、染井は金髪でも太ってもいない。

「西野――」

そろそろブレーキをかけようとしたとき「そういえば」と、染井が顔を上げた。

「音を聞く直前に、叫び声を聞いた気がします」

絵麻と西野がいっせいに染井を見た。

「叫び声？」

絵麻の問いかけに、染井が頷く。

「はい。どこから聞こえてきているのかわからなくて、昼間っから酔っ払っているやつがいるのかという程度に思っていましたが」

「声は男性？　女性？」

勢い込む絵麻に圧倒されたように、染井が軽く身を引く。

「たぶん女性だと思いますけど、かすかに聞こえてきた程度だし、どっちかははっきりわからないです」

「叫び声ってなにか言ってたのか」

そう訊いたのは西野だ。

染井がしばらく虚空を見つめる。

「やめてとかやめろとか……そんな感じです。どすんという音が聞こえたのは、その直後でした」

絵麻と西野は、しばらく言葉を失った。

ただならぬ雰囲気に、染井が不安そうに刑事たちを見る。

「あんた、なんでそれを早く言わなかった……」

怒りと動揺で、西野の声が震えている。

「だって、外に出ていることになっていたし、今回は事故ってことだから」

「その話をしていれば、警察だって事故と断定しなかったかもしれないだろうが！」

西野が染井の胸ぐらをつかみ、前後に激しく揺さぶる。

「やめなさい！」

さすがに放っておくわけにはいかず、絵麻は西野を引き剝がした。

襟を直しながら、染井が言う。

「事件にはならないでしょう。私が留守の間に誰かが侵入して、妻をバルコニーから突き落としたっていうんですか。それはありえない。だってこの家には佳乃が――娘がいたんだ。何者かが侵入したら娘が気づくはずだし、なにより犯人だって目撃者をただじゃおかない……」

ふいに染井が絶句したのは、刑事たちの意図をようやく察したからだろう。

「やめて」「やめろ」という声が転落した染井史子のものだとしたら、彼女は誤って転落したのではない。何者かによって転落させられたと考えられる。

染井家には、娘の佳乃がいた。佳乃からは不審者が侵入してきたという証言はない。だからこそ警察も事故だと判断した。

だが、佳乃が突き落としたのだとしたら――？

3

「失礼します」

行儀よくお辞儀をして、少女がリビングに入ってくる。服装はスウェットにデニムパンツとラフなのに、一般人にはないオーラをまとっている。真っ白なきめの細かい肌とつややかな黒い髪。くりっとした眼は小さな顔全体の三分の一ほどを占めているのではないかと思えるほど大きく、眼力が強い。

隣の西野は、魅入られたように口を半開きにしている。

絵麻は後輩刑事を肘で小突いた。

「相手は十一歳なんだからね」

「わ、わかってますよ。変な目で見てるんじゃありません。でも、ほんと綺麗ですね。お人形さんみたいっていう言葉は、彼女のためにあるんじゃないかと思うほど」

そう言ってやはり口をだらしなく開いた。

「はじめまして。染井佳乃です」

小さな大女優が身体の前で手を重ね、深々と頭を下げる。

「楯岡絵麻です。こっちは西野」

紹介された西野が、思い出したように立ち上がり、表情を引き締める。

「どうも。西野です」

いまさら気取っても遅い。

っていうか、十一歳の前でかっこつけるなよ。

佳乃にそう言われ、結局はデレデレと頬を緩めている。

「うわあ。大きいですね」

「一八五センチあります」

「すごい。ガッチリしてるし、なにかあったら守ってくれそう」

「もちろん守るよ。正義の味方だからね」

調子に乗って力こぶを作っている。十一歳に手玉に取られてどうするんだ。

とはいえ、天才子役と名高いだけあって、あどけない子どもと思ってナメてかかると、痛い目に遭いそうだ。

Ｌ字型のソファの片方に絵麻と西野、もう片方に佳乃と父親が並んで座る。本当は佳乃一人に話を聞きたいところだが、十一歳の少女相手にいつもの取り調べのようなことはできない。

「大変なときにごめんなさい」

絵麻が切り出すと、佳乃はかぶりを振った。

「ううん。平気です」

「いま、なにしてた」

娘が母親を突き落とした可能性を知らされたため、父親は表情が硬い。できれば席を外してほしいが、それができないのであれば、せめて黙っていてほしい。

「部屋で台本読んでた」

「なんの」

「来週クランクインのドラマ」

「いまは仕事のこと考えなくてもいいんだぞ」

「なにもしないでいると、いろいろ考えちゃうから」

佳乃が父親を見上げ、肩を窄めてかぶりを振る。それから絵麻のほうを見た。

「話って、なんですか」

「辛いだろうけど、お母さんの事故が起きたときの話を聞かせてもらいたいと思って。たぶん、これまで何度も同じ話をさせられたと思うけど、もう一度、いいかな」

「かまいません」

ありがとうと、協力に礼を言ってから、絵麻は質問した。

「お母さんがああいうことになったとき、佳乃ちゃんも一緒だったと聞いたけど」

「一緒だったというか、この家にはいました。ただ、同じ部屋にはいませんでした。私は自分の部屋で映画を観ていました。今度のドラマの監督さんから、参考のため観ておいたほうがいいと薦められたんです」

そう言って佳乃が挙げたタイトルは、三十年以上前の洋画だった。とても十一歳が一人で観るような作品ではない。

部屋の間取りは、かなり広めの3LDKだった。バルコニーはいま絵麻たちがいるリビングに面しており、ほかの部屋にいたらバルコニーの様子は見えない。

「お母さんがバルコニーから落ちたと、お父さんに連絡したのよね」

「はい」

「どのタイミングで気づいたの？　お母さんが転落したって」

「おトイレに行きたくなったので、映画を一時停止して部屋を出たんです。そしたら、窓が開いているのに気づきました。この部屋、高いところにあるから風が強くて、カーテンがパタパタ翻るんです。前に開けっぱなしにして怒られたことがあったので、ちょっと気になってリビングに様子を見に出ました。そしたらお母さんの姿が見当たらなくて、家じゅう探し回ったけどやっぱりいなくて、なにげなくバルコニーに出てみました。バルコニーには観葉植物の鉢が置いてあって、うちでバルコニーに出る機会といえば、観葉植物に水をあげるときぐらいなんです。観葉植物の葉っぱが濡れて光っていたから、お母さんが水をあげるためにバルコニーに出たんだと思いました。でもお母さんはいなくて、窓は開けっぱなしでカーテンがパタパタしていて、なんとなく胸騒ぎがしました。もしかしたらと思って、フェンス越しに下を見てみたら人だかりができていて……」

話し声が湿り気を帯びてくる。少女の潤んだ瞳からは、いまにも涙がこぼれそうだ。

「なるほど。ということは、事故が起こったとき、佳乃ちゃんは自分の部屋にいたの」

西野までつられて鼻を啜っている。

「はい」

懸命に嗚咽を堪えながら、という感じの頷きだった。

「その前後は部屋からは出ていない」

「そうです」

「部屋にこもっていたのは、時間にしてどれぐらいかしら」

「おトイレに行きたくなったのが、三時間の映画のクライマックスだったので、少なくとも二時間半ぐらいは、部屋を出ていないと思います。本当はそんなところで一時停止するのは嫌だったんだけど、どうしても我慢できなくなっちゃって」

「そういうことあるよね」

西野がうんうんと頷いている。

「実はね」と、牽制（けんせい）するように佳乃の父親を一瞥し、絵麻は言った。

「事故が起こる直前に、叫び声を聞いた、という情報があるの」

「叫び声……？」

うん、と絵麻は頷く。

「やめろ、とか、やめて、とか、そんなふうに聞こえたらしいんだけど、もしかしたらお母さんじゃないかと思う」

しばらく答えを探すような間があった。

「それは、お母さんじゃないと思います」

「どうして？」

「だって、お母さんなら、助けて、って言うはずだから」

「そうよね。やめろ、とか、やめて、だと、まるで誰かが突き落とそうとしていて、お母さんが抵抗しているみたいだものね。そうなると、誰かがこの家に忍び込んでききて、お母さんを突き落としたことになる。ずっと自分の部屋にいたとしても、誰かが忍び込んできたら鍵を開ける音とか足音とかするだろうから、佳乃ちゃんが気づかないことはないわよね」

　絵麻は玄関に続く廊下を見た。玄関とリビングが真っ直ぐな廊下でつながっており、廊下の左右に各部屋の扉がある。侵入者は必ず廊下を通るので、部屋にいても足音や気配は感じるだろう。

「あ、でも」と、佳乃がなにかを思い出したようだ。

「イヤホンをしていたので、もし誰かが入ってきても気づかなかったかもしれません」

「それなら、誰かがお母さんを突き落とした可能性もあるわね」

　佳乃が唾を飲み込む。

「お母さんに恨みを抱いていそうな人間に、心当たりはない？」

「ありません。もしかしたら私のお仕事のことでなにかあったかもしれないけど、そこまではわからないし」

「最近、このマンションの周辺で怪しい人影を見たりとかは？」

「それはいつものことです。ほとんどの人は問題ないんですけど、一部の熱狂的なファンの人たちの間で私の住所が共有されているみたいで、マンションの周辺をうろついていたりするのを見かけて、怖くなることがあります」

娘の情報を父親が補足する。

「いかにもヤバそうなやつがロビーに入り込んでいて、追い払ったことも」

「ヤバいっすね、それ。オートロックを通過したってことですか」

西野が顔色を変えた。

「あのオートロックを通過するのは、かなり難しいと思うけど」

絵麻はエントランスに鎮座する木製の頑丈そうな扉を思い出した。

「そうなんですが、どうやって通過したのか」

父親が首をひねっている。

「それはいつのことですか」

絵麻の質問に、父親が視線を上げる。

「いつだっけな、何度かあったので……いちばん最近となると、二週間前ぐらい、かな」

確認された佳乃が頷く。

「それぐらいだった」

「わりと最近じゃないですか」

西野が手帳に素早くメモを取る。

「侵入した本人かどうか定かではありませんが、インターネット上の掲示板に、このマンションに侵入したことを自慢する書き込みもあったみたいで、これ以上エスカレートするようなら法的措置も視野に入れないといけないと考えていたところです」

「それはすぐにでも動いたほうがいいですよ」

自分のことのように鼻息を荒くする西野を横目に見ながら、絵麻は言った。

「やっぱり有名人って大変なのね」

「大変なこともあるけど、ほとんどの方はやさしいし、いろんな経験をさせてもらっているので充実しています」

小学生とは思えない受け答えだなあ、という感じで、西野がほおっと息を吐く。

「じゃあ最後の質問」

「はい」

佳乃がソファに座り直し、背筋を伸ばした。

「佳乃ちゃん、お母さんのこと、好きだった？」

どうしてそんな質問をするのか、という戸惑いがあったものの、佳乃はきっぱりと言い切った。

「もちろんです。お母さんのことを嫌いな人なんて、いるんですか」

「どうかしらね。いろんな人がいるから」

絵麻はにっこりと笑い、少女への事情聴取を締め括（くく）った。

「失礼します」と丁寧なお辞儀をして、自室に戻っていく。

「あの……」

父親が怯えた顔で、刑事たちをうかがう。

娘が母親を転落させた容疑について、どう考えているのか知りたくてしかたがないようだ。当然のことだが、こちらとしてもなにかを明言できる段階ではない。捜査協力への礼を述べて、染井宅を後にした。

「いや、すごかったですね」

タワーマンションを振り返りながら、西野が言う。

「あんたのデレつき具合が？　そういう性癖でもあるのかと疑っちゃったわよ」

「そんなわけないじゃないですか。婚約者もいるのに」

「性癖をカムフラージュするために成人女性と結婚するやつもいるからね。もしそうなら、琴莉ちゃんを利用するのはやめなさい」

「だから違いますって。なんか、見た目は明らかに子どもなんだけど、話しているうちに大人の女性と話しているような錯覚に陥って、自分がヤバいんじゃないかって思いましたけど」

「あれはそうなってもおかしくないかもね。所作や話しぶりが完全に成人女性のそれだもの。子どもらしさがいっさいない」

実際に接してみて実感する。人生二周目とはよく言ったものだ。

「でしょう？　やっぱ天才子役って言われるだけありますよ」

西野はしきりに感心しているが、絵麻は複雑だった。

「才能がすごいのは間違いないけど、そのせいで子どもらしさを奪われたと考えると、かわいそうね」

「かわいそう……ですか」

意外そうな口調だ。

「朱に交われば赤くなる、っていう言葉があるけど、人間の振る舞いや習慣っていうのは、けっして自分一人で作られるものではない。接する相手や所属するコミュニティーの行動を見て、学習していくものなの。佳乃ちゃんが十一歳とは思えないほどおとなびているのは、彼女の生来の利発さもあるだろうけど、それ以上に、彼女の周囲に大人しかいない環境の影響が大きいと思う。大人とばかり接しているから、自然と年齢不相応なおとなびた言動になる。おそらく仕事が忙しくて、学校にもほとんど通えていないんじゃないかしら」

「日ごろ接する人種の言動が移った……ってことですか」

「人間は本能的に好感を抱いた相手の言動を模倣し、同化することによって好意を示そうとする。好きな相手の口調が移るとか、好きな相手の影響で趣味が変わるなんて、よくあることじゃない。同じ振る舞いをすることで敵意のなさや好意を示し、コミュニティーに溶け込もうとするの。彼女は大人に気に入られるために、おとなびた振る舞いを会得した」

「そっか。そう考えるとかわいそうですね。佳乃ちゃんは、同年代の友達と走り回って遊んだりしないのかな」

「父親が個人事務所の社長で、母親がマネージャー。両親とも娘に寄生して、娘の稼ぎをあてにしてるわけだからね」

絵麻は天高くそびえる建造物を見上げる。一家がこのタワーマンションに住めているのも、もっといえば、父親が売れないグラビアアイドルを愛人として囲っていられるのも、娘から子どもらしさを奪う犠牲の上に成り立っている。

「それはそうと楯岡さん、佳乃ちゃんへの事情聴取の手応えはどんな感じでしたか」

絵麻は口もとにこぶしをあて、記憶を反芻した。

「たぶん、クロ。あの子は母親をバルコニーから突き落とした」

「そっかあ……」

西野が残念そうに肩を落とした。もらい泣きするほどだったので佳乃に肩入れしたい気持ちはあるだろうが、絵麻の洞察の鋭さと推理力への信頼のほうが大きいようだ。

「さすがにすごい演技力で、なだめ行動やマイクロジェスチャーをかなり抑え込んでいたから苦労したけど、いくつか明らかな嘘があった」

「なにが嘘だったんですか」

「イヤホンをしていたから外の音が聞こえなかったという部分と、二時間半、部屋から出ていないという部分。母親の声は聞こえていたはずだし、部屋からも出ている」

「となると、佳乃ちゃんが犯人と考えざるをえませんね」

本当に無念そうな言い方だった。

「あとは、ストーカー的なファンの存在をほのめかしたところ。なんとなく会話の流れが不自然だった。あれはおそらく、警察が事件性を疑っているのを察知して、疑いの目が自分に向けられないよう、とっさに口をついたんだと思う。イヤホンのくだりもそう。侵入者がいても自分には気づけなかったと強調することで、疑わしい存在を増やしている」

「たしかに。すでに事故として処理されているし、佳乃ちゃん自身もそう考えているはずなのに、ちょっとおかしな展開でした」

「そしてなんと言っても、彼女はお母さんのことを嫌っている」

――もちろんです。お母さんのことを嫌いな人なんて、いるんですか。

その言葉とは裏腹に、佳乃の顔には『嫌悪』と『怒り』が表れていた。それまで話してきたなかで、もっとも顕著な微細表情だった。

「嫌っていた……って、それこそさっき楯岡さんが言っていたみたいに、子どもらしい生活を奪われたのを恨んでいたんでしょうか。本当は女優業もやりたくなかった。けれど一家の生活が佳乃ちゃん一人にかかっているから、仕事を辞めることができなかった……自分で話していてあらためて思いましたけど、もしそうだったら酷い話ですね」

「そうだったら、ね。ただ、さっき話した印象では、佳乃ちゃんは仕事をしたくないわけでもなさそうだった」

「そういえば、部屋で台本を読んでたって言ってました。父親は仕事のことを考えなくていいって言っていたし、無理やり仕事をさせられてたわけでもないってことか。だったらなんで、佳乃ちゃんは母親を嫌っていたんだ」

西野が難しい顔で腕組みをする。

「親子――とくに同性同士だといろいろ複雑でしょう。はっきりとした理由があるとも限らない。とはいえ、佳乃ちゃんの場合は、お父さんのことも好きではなさそうだったけど」

「そうなんですか」

西野がはっと顔を上げた。

「父親が卑屈なぐらい娘のご機嫌うかがいをしているのにたいし、『嫌悪』の微細表情が頻出していた」

「父母どっちのことも嫌っていたなんて、子どもにとっては地獄みたいな環境ですね。あんな豪華な部屋に住んでるのに」

西野があらためてタワーマンションを見上げる。

「あんな豪華な部屋に住めてるのは、両親のおかげじゃない。佳乃ちゃんがあどけなさを捨てて頑張ってるからよ」

「そうですよね」と、上空にため息を吐き出した西野が、絵麻に視線を戻した。

「これからどうするんですか。佳乃ちゃんが母親を突き落としたとして、それを証明するのはかなり難しくないですか」

「物証が乏しいし、所轄がいったんは事故と断定しているわけだし」

「なにより相手は十一歳の女の子です。簡単に任意同行なんてできないし、取り調べするにしても、保護者の同席が必要になります」

「加えて、なだめ行動やマイクロジェスチャーをかなりの確率で制御できる天才的な演技力……」

強敵なのは間違いない。

西野が顔をしかめる。

「自供を引き出すのが基本線だと思いますが、取り調べもままならない。今回ばかりはちょっと厳しいな」

「今回もなにも、あんたいつもノートパソコンで記録してるだけじゃない」

「そうでした」

へへっ、と後頭部に手をあてて舌を出した。

「しょうがないから基本に立ち返るしかないんじゃないの」

きょとんとする西野に、絵麻はにやりと笑いかける。

「捜査の基本は、なに？」

4

「そんなもん決まってるだろ。足だよ、足。捜査の基本は足だ」

予想通りの台詞を吐き、筒井が自分の太腿（ふともも）をぴしゃりと叩く。

「しかし本当なのか。あの染井佳乃が母親を？」

疑わしげな綿貫に、西野が言う。

「信じられないですよね、あんなにかわいらしい女の子が。いやあ、かわいかったなあ。本当にお人形さんみたいで、この世のものとは思えないぐらいでしたよ。テレビで見るよりぜんぜん綺麗で……あ、テレビでしか佳乃ちゃんを見たことのないお二人には、伝わりづらいかもしれませんけど」

絵麻は西野の後頭部を叩いた。

「しょうもないことでマウント取ってるんじゃないの」

警視庁本部庁舎十七階にある職員用のカフェスペースだった。部外者立ち入り禁止の場所で遠慮なく事件の話ができるため、取り調べ前後の打ち合わせなどではよく利用している。

「佳乃ちゃんて、あの子役の染井佳乃ですか」

紺色の制服を着た若い女性警官が、自然な流れで会話に加わってきた。彼女の名は林田シオリ。総務課員なので捜査に加わることはないが、異常なコミュ力でいつの間にか推理の輪に参加していることが多い。

「そうだよ、あの染井佳乃」

西野が「あの」を強調する。

「佳乃ちゃんに会ったの？」

シオリはもともと丸い目をさらに丸くして驚いた。

「さっきまで一緒だったよ。佳乃ちゃんと同じ空気を吸ってた僕の息、吸ってみる？」

「それは普通にキモいからやだ」

シオリが気持ち悪そうに顔を歪め、一同を見る。

「でもなんで。最近、佳乃ちゃんのお母さんがマンションから転落死したっていうニュースを見たけど」

「エンマ様によれば、それが殺人の可能性があるってよ」

筒井の言葉に、シオリが「嘘！」と大声を上げた。それから自分の口を手で塞ぎ、声を落とす。

「本当ですか」

「しかも犯人は」

西野がそこから声を出さずに口の動きだけで「佳乃ちゃん」と伝える。最初はなんと言っているのかわからないようだったが、何度か繰り返すうちに伝わったらしく、シオリがふたたび手で口もとを覆った。

「嘘でしょ」

身を屈め、ひそひそ声で周囲をうかがう。

「嘘であってほしいと思ってたんだけど、楯岡さん的にはクロで間違いないみたい」

西野が肩をすくめた。

シオリにも絵麻の実績はわかっている。絵麻がそう感じたのなら間違いないのだろうと、受け入れたようだ。

「でもどうして」

「それがわからんらしい。物証もなにもないっていうんだから、いっそ放っておきゃいいのにな」

　迷惑な半面、同時に絵麻から頼られたことへの嬉しさが隠せないといった、筒井の口調だった。

　興味津々のシオリに、絵麻たちは経緯を説明した。シオリは神妙な顔で頷きながら、ときおり目を見開いたり、口を両手で覆ったりといったおおげさなリアクションを挟んで話を聞いていた。

「信じられなくない？　あの住友ゆりがだよ？」

　西野の言葉を完全無視し、シオリが腕組みをして思案顔になる。

「思春期だからかな」

「シオリちゃん、お母さんとの関係は？」

　絵麻は訊いた。

「仲は良いと思います。毎日のようにＬＩＮＥのやりとりをしてるし、休みの日には、一緒にお買い物に出かけたりもするし」

「それはかなり仲が良いといえるな」

　綿貫が頷く。

「ええ。でもそんな私でも、思春期のころはけっこう母親に反抗して、ぶつかってました。子ども扱いしていろいろ指示されるのがすごく鬱陶しくなるんです。いま振り返ると、心配してくれてたんだってわかるんだけど」

「それは男も同じだよね。っていうか、反抗の度合いでいったら、男のほうが激しいんじゃないかな」

西野の意見に、綿貫が賛同する。

「だな。本当に、なんであんなにいろんなことにイライラしてたのかってぐらい不安定だった。おれも思春期のころはかなり荒れてた」

「綿貫が？」

絵麻は笑ってしまった。眼鏡に七三分けという真面目すぎる銀行員のような風貌の男が荒れていた姿は、とても想像できない。

「荒れてましたよ。塾や習い事をサボったり、門限の九時までに家に帰らなかったり」

綿貫は綿貫だった。

「うちの娘もなあ、いまちょうど思春期まっただ中で、おれとは口も利いてくれない」

筒井が父親の顔になる。

「筒井さんの娘さん、いくつですっけ」

西野の質問に、筒井は即答できなかった。

「いくつだっけな」

「前に話を聞いたときには中学生だったから、もう高校には入ってるんですよね」

「入ってる……と、思う」

「ぜんぜん関心ないじゃないですか」

絵麻の指摘に、顔を真っ赤にして反論してくる。

「違う。関心がないわけじゃない。向こうが無視するから、こっちも距離を置くようにしてるんだ」

「愛情が一方通行なのを自覚させられると、惨めな気持ちになるから？」

「うるせえんだよっ」

筒井が殴る真似をした。

「大丈夫ですよ、筒井さん。二十歳ぐらいになったら娘さんもお父さんに感謝する日が来ます」

シオリのフォローは逆効果だったようだ。

「二十歳までいまの状態が続くのか」

筒井は愕然とした様子だった。

「だいたいそんなものだと思いますけど……ですよね、絵麻さん」

「そうね。成人式の晴れ着を仕立ててあげるのと交換で、思い出したように感謝してもらえる感じじゃないかしら」

筒井の身体がひと回りしぼんだように見えた。

「動機はともかく、どうやって真相を突き止めるつもりですか」

綿貫が話の筋を戻した。

「自供を引き出すしかないんじゃないかしら」

絵麻の言葉に、筒井が難しい顔になる。

「そう簡単に言うが、物証はゼロだし小学生だしで、まともな取り調べなんかできやしないだろう」

「とくに筒井さん式の昭和型恫喝系取り調べは、ぜったいに無理ですよね」

「楯岡。おまえな」と、不機嫌そうに片眉を持ち上げる。

「おれたちに協力してほしかったんじゃないのか。人にものを頼むときには、それなりの態度ってものがあるだろ」

「協力したくないっていうならかまいません。私と西野だけでやります」

ぐっ、と言葉を喉に詰まらせる。

絵麻はにやりと笑い、続けた。

「佳乃ちゃんと話して感じたのは、彼女はけっして良心の欠如したサイコパスではないということです。自分が犯した罪への強い『後悔』が見てとれました。警察が事故として処理してくれたため、上手い具合に罪を免れることができたものの、心から喜んでいるわけではありません。むしろ自責の念は強まっている」

「旦那は嫁の悲鳴を聞いたんだろ。やめろ、だか、やめて、だか知らないが。そういう声を上げるということは、ぽんと背中を押したら地面まで真っ逆さまってわけじゃないよな。バランスを崩して転落しそうになったものの、どこかにつかまるかなにかして、留まっている。その状況で、犯人に思い留まるよう懇願したわけだ。嫌いとはいえ、自分を産んで育ててくれた母親であり、役者とマネージャーとしてずっと行動をともにしてきた関係でもある。情だってあるだろう。犯行を中止するタイミングも要素も、いくらでもあった。にもかかわらず、とどめを刺した。それなのにサイコパスじゃないっていうのか」

「感情的になって自制が利かなくなることは誰にでもあるし、むしろ直情的な犯行に走ってしまうことこそが、サイコパスではない所以(ゆえん)ともいえます」

「場当たり的な犯行ではなく、計画されていたかもしれないぜ。なにしろ所轄は事故と判断してる。もっとも、すべてはおまえの〈まじない〉が出鱈目(でたらめ)じゃなければ……っていう前提だがな。本当にただの事故なのに、おまえが事件だって騒ぎ立ててるだけかもしれない」

「だから、そう思うなら、協力していただかなくてけっこうです」

筒井が不機嫌そうに黙り込んだ。

絵麻はほかのメンバーを見ながら言う。

「とにかく彼女は母親への強い『怒り』と『憎悪』を抱きながら、同時に自分のやったことへの『後悔』も抱えている。罰せられることへの恐怖と、罪を告白したい衝動の狭間で揺れ動いているの。だから、繰り返し接触して信頼を獲得することで、彼女の背中を押すことができるかもしれない」

「自分から罪を告白させるってことですか」

綿貫の質問に、絵麻は頷いた。

「うん。できる限りそうなるよう、働きかけてみる」

「なら、自分たちは、なにを？」

「二人の得意なことをやってもらおうと思う」

「得意な、こと……？」

首をかしげる綿貫の隣で、筒井がふてくされたように顔を背けた。

5

世田谷にもこんなアパートが残っているのかと、筒井は妙な感慨に耽りながらボロボロの建物を見上げた。

東急田園都市線用賀駅から徒歩七分ほどの高級住宅街。洒落た洋風の一戸建てに囲まれ、そのアパートは異様な存在感を放っていた。

いまどき外壁にはトタンが貼り付けてあり、しかもそのトタンも錆びて赤茶色になっている。

目的の部屋は、一階の最奥の扉だった。インターフォンどころか、チャイムもない。いきますよ、と目で合図をし、綿貫が扉を軽く三度、ノックする。反応はない。

「不在でしょうか」

「もう一度やってみろ」

綿貫が先ほどよりも強くノックした。

「玉城さん。いらっしゃいますか。警察です」

ノックをしては呼びかけるという行動を何度か繰り返していると、隣の部屋の扉が開いた。

「はい」

真っ白な髪をした老女だった。綿貫のノックと呼びかけが次第に強く大きくなっていたため、隣の部屋までノックと呼びかけが届いていたらしい。

「すみません。お宅じゃないんです」

綿貫が申し訳なさそうに後頭部をかいた。やっちゃいました、という感じに筒井を横目で見る。

「ああ、そう。うちかと思っちゃった」

　老女は陽気に笑った。開いた口には、歯が何本かしか見えない。

　ちょうどいい。筒井は隣室の住人について情報収集することにした。

「こちらにお住まいの玉城大輔（だいすけ）さんをご存じですか」

「何度か見かけたことはあるけど、知ってるというほどじゃないね。最近の若い人は挨拶もしないしね。名前もいま初めて知った」

「そうですか」

「でも、このアパートは壁が薄いから、音が聞こえてくる。いつも夜中まで起きてるみたいだね。ガサゴソ物音がするんだ。人が訪ねてくることはないから、まだいいんだけど。前の隣人は大学生で、いつも誰かしら訪ねてきてて、たまり場みたいになってうるさいから、ポストに手紙を入れたことがある。もう少しだけでいいから静かにしてください……って。そしたら嫌がらせなのか、次の日から余計にうるさくされてね、頭がおかしくなるかと思った」

「それは災難でしたね。お話を聞かせてもらって、ありがとうございました」

　どうやら有益な情報はなさそうだ。

　話を打ち切ったつもりだったが、老女はそう解釈しなかった。

「あなたたちは、なに？　借金取りかなにか？」

「そう見えますか」

綿貫が苦笑する。

「見えなくもない」

「違いますよ。私たちは警察です」

筒井が提示した警察手帳を、老女は物珍しげに見つめた。

やがて口を開き、

「借金取りと似たようなもんだ」

筒井も笑ってしまう。

「なに、その部屋のお兄ちゃんが、なにか悪いことしたの」

「ある事件に関係しているかもしれないので、話を聞かせてもらいに来たんです」

「ああ、そう。そろそろ帰ってくると思うよ。いつもだいたいこの時間だから」

もうすぐ午後五時という時間だった。

「玉城さんは、なんの仕事をしていらっしゃるんですか」

「知らないよ。話したことはないから。ただ壁が薄いから、出入りしたらすぐわかるってだけで」

「筒井さん」

「おとなしいのはいいんだけど、どこか陰気な感じのする子だよ。年ごろなのに、恋人とかいないのかしら」

　老女の話し声と重なったせいで、綿貫の呼びかけが聞こえていなかった。

「筒井さん」と肩を叩かれ、ようやく気づいた。

「なんだ」

　あっち、と綿貫が目顔で告げてくる。

　老女が開いた扉の向こう側、筒井たちがやってきた方角に、男が立っていた。

　年齢は二十代半ばぐらいだろうか。中肉中背の身体にチェックのネルシャツとデニムパンツを身に着け、リュックを背負っている。自宅の扉の前に立つ二人の男は何者だろうかと訝るような、警戒と怯えを湛えた目つきでこちらをうかがっていた。

「玉城さんですか。警察――」

　筒井が言い終える前に、男は背を向けて走り出した。

「まずい！　追え！」

　筒井と綿貫も地面を蹴り、男を追いかける。

　男は運動神経がよくなさそうな、ドタバタとした不格好な走り方だった。とはいえ寄る年波には勝てない。すぐに息が上がってきて、ほどなく脚がもつれて転倒した。

「大丈夫ですか」

振り返る綿貫を、手を振って追い払う。

「いいから行け！」

綿貫の後ろ姿が遠ざかる。

筒井もなんとか立ち上がり、這々の体で後に続いた。

男と綿貫が角を曲がって見えなくなる。

ほどなく「こら！　抵抗するな！」という綿貫の声が聞こえてきた。

てっきり身柄を確保したのかと思い、安堵しながら角を曲がると、男と綿貫が対峙していた。

飛びかかろうとする綿貫を牽制するかのように、男がリュックを振り回している。

やれやれ、とうんざりしながら二人に近づいた。

「玉城、おまえなにやってんだ。不法侵入に公務執行妨害までつける気か。わざわざ罪を重くするな」

状況からして男はおそらく、玉城大輔で間違いない。

だとしても、ここまでして逃げ回るような罪じゃないだろうに。

筒井が歩み寄ろうとすると、玉城がリュックを振り回してきた。両手を広げて飛び退く。

「あまり手間かけさせるなよ」

ちらりと綿貫に合図を送る。

了解しました。小さな頷きが返ってきた。このへんは長年コンビを組んできた関係ならではの、阿吽の呼吸だ。

綿貫が左に回り込むようにして、男に飛びかかる。玉城がそれを防ごうと、筒井から視線を切った。

いまだ。

筒井は玉城の背後から覆いかぶさった。

捕まえた！

そう思った瞬間、視界に星が瞬いた。振り返ろうとした玉城の肘が、筒井の顎を打ち抜いたのだ。

一瞬、意識が飛びそうになったものの、懸命に自分を保って玉城を羽交い締めにする。

それから玉城の身体をうつ伏せに寝かせ、両腕を後ろに回して手錠をかけた。

「大丈夫ですか」

玉城の肘鉄がクリーンヒットした瞬間を、綿貫も見ていたようだ。

「ああ。平気だ」

そうは言ったものの、まだヒリヒリ痛む。顎の嚙み合わせがズレたような感覚があったので、何度か口を開け閉めして機能をたしかめた。

「なんで逃げるかな」

制圧された玉城は、完全に抵抗の意志をなくしたらしい。うつろな目で横たわったまま動かない。綿貫に腕をつかまれ、引き立てられた。

「行くぞ」

綿貫に促され、玉城が歩き出す。

「おれはなんもしてない」

「なんもしてないなら、なんで逃げたんだよ」

久しぶりに走ってくたくただし、転んでスーツは汚れるし、肘鉄食らわされて意識が飛びそうになるし。

まったく、勘弁してくれ。

「本当に大丈夫ですか」

綿貫が心配そうに覗き込んでくる。

「楯岡のやつ、この貸しは高くつくぜ」

なにが「得意なこと」だ。

6

ノックをして扉を開くと、学習机に向かっていた染井佳乃が椅子を回転させて振り向いた。

「こんにちは」

「こんにちは。今日はどうしたんですか」

佳乃は迷惑そうな素振りをまったく見せることなく、口角を持ち上げて歓迎の意を示す。

「うん。ストーカー事件の捜査で、お父さんに話を聞きに来たの」

佳乃の父親を説得して被害届を提出させ、タワーマンションのオートロックを通過したことを掲示板に書き込んでいた人物の情報を、プロバイダから取り寄せた。世田谷区在住の玉城大輔という男だった。

そして先ほど、綿貫から玉城の身柄を確保したという連絡が入った。

「いつもご苦労さまです」

「必ず捕まえてあげるから安心して」

「はい。よろしくお願いします」

笑顔にかすかに差す『恐怖』の理由は、いったいなんだろう。三日前に話を聞いたときもそうだった。ストーカーへの『恐怖』というより、ストーカーの身元が突き止められることへの『恐怖』のようだった。

ストーカーが共犯なのかとも考えたが、おそらく違う。もしもそうであれば『恐怖』はより顕著に出るだろう。

ストーカー自身がなにかを知っているというより、ストーカーが逮捕されることでなにかが明らかになるのを恐れている。

その「なにか」については、絵麻にも見当がつかなかった。筒井の取り調べに期待するしかない。

「なにをしていたの」

「台本を読んでいました」

「本当に？　すごいわね。それがその台本？」

学習机の上に、冊子が広げられている。

「見せてもらっても？」

「いいですよ。本当は外部の人に見せちゃダメなんですけど」

「わかった。内緒にしておくから」

唇の前に人差し指を立て、後ろ手に扉を閉めた。

学習机に近づきながら、目を大きく見開く。

「すごい付箋と書き込み」

絵麻が驚いたのは演技ではない。台本からはいくつもの付箋が短冊のように飛び出し、開かれたページには赤のペンで細かい字がびっしり書き込まれている。

「いつもこんなに読み込むの」

椅子に座った佳乃の背後から台本を覗き込んだ。これで自然な流れでパーソナルスペースに入り込むことに成功した。身体的距離が近づいたことにより、心理的距離も近づく。

「今回はバタバタしていたので、いつもほどしっかり読み込むことができていません。クランクインも近いし、少し焦っています」

「これでいつもほどじゃないの」

よく見ると書き込みの字は、紛れもない小学生のものだった。大人なら漢字で書くであろう字を、ひらがなで書いていたりもする。

「体調のほうはどう？」

「平気です。体調が悪くてお休みしているわけじゃありませんし」

お気遣いありがとうございますと、頭を下げられた。

「クランクインを遅らせてもらうことはできないの」

「それは私が嫌なんです。お願いすればなんとかなるかもしれませんけど、たくさんのキャストやスタッフさんがこのドラマの撮影のためにスケジュールを空けてくださっているのだから、ご迷惑をおかけすることになります」

「すごいプロ意識ね」

「普通のことです」

「どこかの図体がデカい刑事に聞かせてやりたいわ」

ふと、佳乃が絵麻の背後に視線を向ける。

「そういえば、今日はあの男の刑事さんは？」

「西野なら、どこかでご飯でも食べてるんじゃないかな。今日は私一人」

「刑事さんて、いつも二人一組なんだと思ってました」

「よく知ってるわね」

「刑事ドラマにも出たことあるので」

「そっか」と、絵麻は肩をすくめる。

「いつもはそうなんだけど、今日は来るなって追い払っちゃった。だって佳乃ちゃん、本当は男の人、苦手だよね」

えっ、と戸惑いを露わにする。

「そんなこと……」

「いいのいいの。ここでの会話を誰かに話したりしないから」

　西野と会ったときの、媚びるような態度を見て思った。芸能界はきっと男社会なのだろう。親の指示があったのかまではわからないが、彼女は十一歳にしてホステスのように権力を持つ男性のご機嫌を取り、懐に入ることで仕事を手に入れてきた。けっして好きでやっているのではなく、生存戦略として愛想を振りまいている。

「ありがとうございます」

　明白な『安堵』。

　異性の目を気にする必要がないとわかったからだ。

　そして絵麻にたいしても、さらに心を開いただろう。自分のことを言い当てられたと感じた人間は、その人間に心を許すようになる。

「撮影は遅らせられないとして、学校は？」

「学校は……もうしばらく休むと思います。どのみち、あまり行けていなかったし」

　佳乃が恥ずかしそうに目を伏せる。

　仕事のために学校に通えていないのは、彼女にとってコンプレックスのようだ。脚本に書き込まれた文字も、同学年ならもっと漢字の割合が多いのかもしれない。

「学校は好き？」

　しばらく考えるような間があって、天才子役は頷いた。

「好き。授業にはついていけないけど」

「授業なんておまけみたいなものだよ。学校は友達に会いに行くところだもん」

「そうなの？」

初めて敬語が崩れた。

着実に心を開いてくれている。

手応えをたしかめながら、絵麻はにこっと笑った。

「私なんか、高校の途中まで授業サボりまくってて、ぜんぜん勉強についていけなかった。でも学校に行くのは楽しかったよ、友達がいたから」

意外だったらしく、佳乃は口を半開きにして絵麻を見上げている。

「これでも私、昔はけっこう悪かったんだ」

絵麻は両手を腰にあて、胸を張った。

「ぜんぜん見えない」

「よく言われる」

絵麻が笑うと、佳乃もつられたように声を出して笑った。相手の表情を模倣するミラーリングも、心理的距離の接近度を測る重要な指標となる。

「あのまま悪かったら、ぜったいに警察官にはなってない。というか、そもそもなりたくても試験に受からなかった」

「どうして真面目になったの」

「真面目……なのかどうかわからないけど、勉強するようになったのは、素敵な先生に出会ったから」

「先生に？」

そもそも学校とのかかわりが薄い佳乃にとって、教師が人生に影響を与える存在とは信じがたいのかもしれない。

「そう。すごく素敵な女の先生で、大学を出たばかりだったから先生というよりお姉さんという感じだったかな。その先生が親身になって指導してくれたおかげで、大学に行ってみようという気になった。大好きな先生の真似をしたかったの。ほら、先生って大学を卒業しないとなれないじゃない。だから自分も大学に行って、先生になろうと思った」

「先生になりたかったの？」

「うん」

それなのにどうして警察官になったのか、という感じの疑問が表情に表れている。

「でもその先生、死んじゃった」

佳乃の息を呑む気配があった。

これ以上踏み込んではいけないのではと自制しつつも、興味を抑えきれない。内心の葛藤が、揺れる視線に表れている。

絵麻は自分から話した。

自己開示。自らの秘密を打ち明けることで、心理的距離を近づけることができる。

「悪いやつに殺されたの。だから、私は警察官になることにした。先生を殺した犯人を捕まえるために」

佳乃のまぶたが限界まで見開かれる。

「犯人は捕まったの……？」

絵麻はかぶりを振った。

「あとちょっとのところまで追い詰めたけど、自殺した。悔しかったな」

「悔しかったの？」

不可解そうに、佳乃が首をひねる。自殺されたとしても、犯人が死んだのだから本懐を遂げられたのではないか。

「うん。悔しかった。どうしてそんなことをしたのか、詳しく話を聞きたかったし。そうすれば、将来同じような犯行が起こるのを防げるかもしれないし、私のような、大切な人をなくして悲しむ人を減らせるかもしれない。人が一人殺されたら、その人が死ぬだけじゃない。その人のことを大切に思っていた人の心も、殺されるの」

もはや絵麻の目を見ることができないようだ。佳乃は学習机に開いた台本のほうに顔を向け、うつむいている。ときおり視線が左右に揺れ、小さく震える唇が開きかける。

　どちらも、真実を告白するべきかどうかの葛藤を表すしぐさだった。

7

　筒井はデスクに両肘をついて顔の前で手を重ね、眉間に力をこめて視線を鋭くした。視線の先では玉城が、そわそわと落ち着かない様子でときおり激しく瞬きをしたり、頬をかいている。

「なんなんですか、いったい」

　沈黙に耐えられなくなったように、玉城が口を開く。

　筒井はそれでも動かない。引き下がった口角の角度が変わることはなく、泰然としていた。それは背後でノートパソコンに向かう綿貫も同じだ。

　玉城の自宅から最寄りの警察署の取調室だった。本庁まで連行するほどのことでもないので、部屋を使わせてもらうことにしたのだ。

「いい加減にしてください。ここまでされるほどのことはしていません」

「なら、なんで逃げた」

ようやく口を開き、腹から絞り出すような低い声を出した。

「それは……」

「後ろめたいことがあったからだろう」

筒井はデスクの上に身を乗り出す。

「おまえ、いくつだっけ」

「二十、八」

「二十八にもなって十一歳の子役につきまとうって、どういう了見だ」

「つきまとっているわけじゃない。変な虫がつかないよう、見守ってるだけだ」

「おまえ自身が変な虫なんだよ」

こぶしでデスクを叩くと、玉城の両肩が持ち上がった。それでも「変な虫」扱いは不本意らしい。

「僕は無害だ。なにもしていないし、彼女にも指一本触れてない」

両手を広げて力説する。

「触れてなくても不法侵入してるだろうが。自分が住んでいないマンションの敷地に立ち入ったら、それだけで犯罪だ。しかもおまえの場合、オートロックをくぐり抜けてロビーにまで立ち入っている」

「たまたま出てきた人がいたから」

「たまたまドアが開いてたから、他人の家に勝手に入っていいなんてことにはならないよな。なんのためにオートロックがあると思ってんだよ」

最後はドスを利かせた怒鳴り声になった。

「健太郎さんに注意されたからすぐに出た」

「なにが健太郎さんだ」

「健太郎さんは健太郎さんだろ。佳乃ちゃんの父親で、個人事務所の社長だ」

「馴れ馴れしいって言ってんだよ。そんな呼び方をするほどの関係じゃないだろ」

玉城が不満げに唇を曲げる。

「悪かった。でもここまでするのは、おかしいんじゃないですか。だって、僕は佳乃ちゃんになにもしていない。握手やサインすら求めてないし、ＳＮＳで誹謗中傷したりもしていない。ただ見てるだけだ」

それでも当事者からすればじゅうぶんに恐怖だと思うが。

玉城の言う通り、逮捕するほどの容疑ではない。話を聞くためになかば無理やり容疑をひねり出した、いわば別件逮捕に近かった。

「でもおまえ、染井佳乃さんの父親から注意された後も、あのタワーマンションに侵入してただろ」

玉城のぎょっとした顔で、楯岡の推理が正しいことを確信した。なんてこった。またあいつの〈まじない〉が当たっちまった。

　楯岡の話では、最後に玉城が不法侵入したのは二週間前だと、染井健太郎は思っている。だがおそらく、それ以後も不法侵入を行っていた可能性が高い。それどころか、佳乃は玉城と遭遇している。にもかかわらず彼女がその事実を隠すのは、玉城と接触したのが判明しては困る事情があるからだ。

　染井健太郎が、最後に玉城を見たのは二週間前だと証言したときの、佳乃の反応を見てそう考えたらしい。いつもながら信じられない。しかし、いまの玉城の反応を見る限り、信じざるをえない。

　ストーカーが共犯なのかと思った。以前の事件でストーカーを利用した共同正犯事案があったので、今回も同じかもしれない。だが楯岡によれば、その確率は低いという。だとしたらどういう背景があるのか、筒井には見当もつかない。玉城がどんな事実を握っていて、それが佳乃にとってどんな不都合になるのか。

「染井佳乃さんの母親であり、マネージャーでもある染井史子さんが転落死した日も、おまえはあのマンションに侵入していた」

　楯岡の推理をそのまま口にするのは癪だが、いまのところ楯岡の思惑通りにことが運んでしまっているのだから従うしかない。

「史子さんの転落死は事故とされている。だが最近になって、やめて、とか、やめろ、といった悲鳴を聞いたという証言が挙がってきた」

　しばらく固まっていた玉城が、我に返った様子で両手を振った。

「待ってくれ。まさか、僕が突き落としたとでも？」

「動機はあるよな。ただ見守っているなんて言ってるが、人間ってのは欲張りな生き物だ。見てるだけじゃ我慢できなくなって、もっと近づきたい、願わくば触れてみたいと欲の皮が突っ張ってくるのは、ごく自然な流れだろう。憧れの存在が住んでいるマンションのロビーだけでなく、実際に住んでいる部屋にまで行ってみたい、というのもな。染井家に侵入したおまえは、しかし染井史子さんに見つかって通報されそうになる。だからバルコニーから――」

「違う！　そんなことしてない！」玉城は自分の胸に手をあてた。

「だって考えてもみてくれ。おかしいだろ。そこまでしてたら、さすがに佳乃ちゃんが警察に言うだろ」

「彼女は自室にこもって映画を観ていた。イヤホンをしていたというから、誰かが入ってきた物音も聞こえなかったかもしれない。おまえが侵入して、母親を突き落とし、立ち去ったとしても気づかなかった可能性はある」

「だからおかしいって。もしも僕が史子マネージャーをバルコニーから突き落としたとしたら、佳乃ちゃんと二人きりになれたんだ。そんな状況で、僕が佳乃ちゃんになにもしないで帰ると思う?」

言い終えてから、玉城がしまった、という顔になる。

筒井は肩を揺すった。

「思わない。これまで聞いた被疑者の弁明で、もっとも説得力がある」

玉城が不本意そうに肩を落とす。

「部屋には立ち入っていないとして、どこまで行った」

あらためて確認すると、すんなり答えが返ってきた。

「三十階まで行った。それだけだ。なにもしてない」

「それだけって言うが、立派な犯罪だぞ」

「不法侵入じゃない。バイトで行ったんだ」

「バイト?」

玉城がしかめっ面で首をかく。

「宅配便。たまたまあのマンションの、佳乃ちゃんが住んでいるのと同じフロアに配達する機会があった。それだけだ。犯罪じゃない」

「たまたまっておまえ、それを狙ってたんじゃないのか」

宅配便の営業所なら近隣にもあるはずだ。

世田谷在住の人間がわざわざ江東区まで出勤する必然性はない。通勤だけで1時間近くかかる。

「そうなればいいなと思っていたけどさ。でも違法じゃない」

その通りだが、放っておけばこの男はいずれなにかやらかしていたかもしれないと、筒井は思った。

「違法じゃないのはわかったから、そのときのことを話してくれないか」

玉城が記憶を辿(たど)る顔になる。

「客先への配達を終えて、エレベーターホールに向かった。エレベーターホールを通過して廊下を進むと佳乃ちゃんの住む部屋だというのは知っていたから、ちょっと寄ってみようかなと考えてた。家の中に入るわけじゃない。扉の前に行くだけなら、犯罪にはならないだろう？」

「限りなくクロに近いグレーだがな。それでどうした。部屋の前に行ったのか」

玉城はかぶりを振った。

「行ってない。エレベーターホールに、佳乃ちゃんが立ってたから」

「なんだと？」

筒井は背後を振り向いた。

綿貫も驚いた顔でこちらを見ている。

「染井佳乃さんと会ったのか？」

「会ったっていうか、出くわしたっていうか。……不意打ちだったから、僕も思わず声を出してしまって、佳乃ちゃんが振り向いて、僕に気づいたような顔をして。佳乃ちゃん、僕のこと覚えててくれたんだ」

そのことが重要なのだといわんばかりに、うっとりとした目つきになる。

だが警察にとってはどうでもいいことだ。

「そのとき、ほかに人は？」

「いない」

無人のエレベーターホールでストーカーに遭遇したら、さぞ怖かっただろう。

「で、どうした」

「なにもない。大声を出されたら厄介なことになると思って、説明しようとしたんだ。仕事で配達に来ただけで、佳乃ちゃんとは関係ないって。でも佳乃ちゃん、走って逃げちゃった」

「それを追いかけたのか」

「追いかけないよ。そのままエレベーターに乗って帰ったし。警察を呼ばれたんじゃないかと思って、エレベーターが来るまでの時間がすごく長く感じて怖かった。ようやくエレベーターに乗って一階まで下りて、外に出てみたらやけに騒がしくて、そのときは人だかりが出来てるなってぐらいにしか思わなかったんだけど、あれってたぶん史子マネージャーが落ちたときだったんだ。あとで気づいてぞっとしたよ。すぐそこで人が死んでいたってことなんだから」

「おまえが落としたんじゃないんだな」

「だから、話した通りだってば。疑うのなら、佳乃ちゃんに確認してくれればいい」

嘘をついている雰囲気ではない。

「ほかに変わったことは」

「ない。変わったことっていっても、一瞬会っただけだから」

「会話はしていない？」

「してない」

「嘘ついてたら承知しないぞ」

「嘘なんかついてないって。信じてくれよ」

恐怖で泣きそうになっているらしく、声が不自然に波打っていた。

楯岡の予想通り、転落事故が起こった当日――しかもおそらくは事故の直前に、玉城は染井佳乃と遭遇していた。だがほんの一瞬のことで、言葉すら交わしていない。

玉城がなにか重要な事実を握っているかと思われたが、見込み違いだったのだろうか。

エンマ様の〈まじない〉が、外れた――？

つね日ごろから外れろ外れろと念じていたのに、なぜか喜びはない。そんな自分が不思議だった。おれはいったい、なにを望んでいたのだろう。

ともあれ、やるべきことはやった。

「わかった」

筒井は椅子を引いて立ち上がり、記録係の席に座る綿貫の肩を叩いた。

「ここはよろしく。ちょっと、楯岡に電話してくるわ」

「了解です」

取調室を出ると、筒井はスマートフォンを取り出した。

8

『――そういうことだ。玉城は染井佳乃に会っていたが、言葉すら交わしていない。ただ出くわしただけだった』

「わかりました」

『ついにおまえの〈まじない〉も、外れちまったな』

ひひっと笑いながら煽られたが、こころなしか筒井の声に覇気がない。

そんなことはどうでもいい。

「〈まじない〉ではなく行動心理学に基づくキネシクスだし、じゅうぶんな収穫です。

『なんだと？　本当か。おい楯岡、詳しく話を聞かせ――』

話の途中でスマートフォンの通話を切った。

廊下の先に立つ、不安げな顔をした染井健太郎と目が合う。娘が母親を突き落とした可能性に気づいて以来、ずっと娘を信じ切れてないようだ。娘を得体の知れない怪物だとでも考えているのだろうか。けっしてそんなことはない。

彼女は甘えることを許されなかった十一歳の少女で、彼女を犯行に走らせたのは、彼女を利用してきた大人たちにほかならない。

ふたたび扉をノックして、佳乃の部屋に入る。

すっかり心を許してくれたらしく、佳乃は満面の笑みで迎えてくれた。ベッドの上でリラックスした様子で脚を投げ出し、ドラマの台本を開く少女は、大好きになったお姉さんと話せるのを無邪気に喜んでいる。

「おかえりなさい」

「ただいま」

絵麻の胸はちくりと痛んだ。

ベッドに腰を下ろすと、佳乃は台本を閉じて横に並んできた。

「お仕事大丈夫だったの」

「うん。そろそろ行かないといけない」

「そうなんだ。すごく残念」

佳乃が唇をすぼめ、ベッドから垂らした脚をぶらぶらさせる。その小さな足を見つめながら、絵麻は言った。

「いまの電話ね、警察の同僚からだったんだけど」

「うん」

「ストーカー、捕まえたって」

脚の動きが止まった。

こちらを見上げる佳乃には、はっきりとした『驚き』と『恐怖』が浮かんでいる。これまで隠していた事実が暴露されてしまうのではないかという『驚き』と『恐怖』だ。

「ストーカーの男は玉城っていうんだけど、名前まではわからないかな」

ううん、と、佳乃が曖昧に首をかしげた。

「その玉城っていう男が、佳乃ちゃんのお母さんが亡くなった日、証言から考えるとたぶんお母さんがバルコニーから転落する直前だと思うんだけど、この部屋のある三十階のエレベーターフロアで、佳乃ちゃんとばったり会ったたって言うの」

「……うん」

「でも佳乃ちゃん、事故の起こる前後、二時間半ぐらいは部屋にこもって映画を観ていたって言ってたよね。家どころか自分の部屋からも出ていないって」

「言ってた」

「あれは嘘だったの？」

「……嘘だった」

涙を堪えているらしく、声が波打った。

「どうして嘘をついたの」

しばらく呼吸を整えようとする間があった。

「捕まりたくないから」

「佳乃ちゃんが、お母さんをバルコニーから突き落とした？」

「うん」

自供を引き出した。全身から力が抜ける感覚は、安堵なのか落胆なのかわからない。

「どうしてそんなことをしたの」

ふたたび脚がぶらぶらと揺れ始める。

絵麻は身体を前傾させ、うつむきがちな少女の顔を覗き込んだ。

「当ててもいい？」

佳乃は絵麻を一瞥し、頷く。

「うん」

「佳乃ちゃんは、お父さんが浮気をしているのに気づいていた。このマンションのほかの階に、浮気相手の女が住んでいるのも、ぜんぶ知っていた。でも決定的な証拠がない。だから、現場を押さえてお母さんに告げ口しようと考えた」

少女は唇を不自然に歪めたまま、絵麻のほうを見ない。だが話を聞いているのはわかった。

「あの日、お父さんは仕事の打ち合わせがあると言って家を出たけど、佳乃ちゃんは浮気相手に会うんじゃないかと疑っていた。だから、出かけたお父さんを追いかけて、下りのエレベーターが何階で止まるかを確認した。仕事の打ち合わせなら一階まで行くはずなのに、エレベーターは二十五階で止まっていた」

エレベーターホールで玉城と出くわしたのは、そのときだった。佳乃はエレベーターを待っていたのではなく、エレベーターが何階で停止したのかを確認していた。

「佳乃ちゃんはすぐに引き返して、お母さんに告げ口した。お父さんは仕事に行くって言ってたけど、本当は行っていないんだよ……って」

そこで佳乃が口を開いた。

「二十五階で女と会ってるんだよ。お母さん、お父さんはほかの女の人と浮気してるよ。いますぐに行って、お父さんを叱ってやりなよ」

震える声と乱れた呼吸は、演技ではない。彼女は初めて、自分の本当の感情をさらけ出していた。

「でも……でも……お母さんは言ったの。そんなの最初から知ってる……って。本当ならとっくに別れてるところだけど、お父さんがあなたと離れるのを嫌がってるのって。だからしかたなく一緒に暮らしているって。お父さんはまるであなたのことが好きで離れたくないみたいに言うけど、お母さんは知ってるの。お父さんが、あなたの稼ぐお金をあてにしていることを。だから離れたくないってことを」

後半は亡き母親が憑依したかのように、憎々しげな口調になっていた。

佳乃が両手で顔を覆い、嗚咽する。

絵麻はしばらく、その背中を撫で続けた。

「だから突き落としたの？」

少し落ち着いてきたところで訊いた。

佳乃が力なく頷く。

「信じられなかった。知ってて放っておいたなんて。私はお父さんとお母さんに褒めてほしくて、二人に笑ってほしくてお仕事を頑張ってきたのに、これじゃなんのために頑張ったのかわからない」

母親にたいする強い『憎悪』は、そのせいだった。家族のためを思って、子どもらしさを犠牲にしてまで頑張って働いたのに、両親は仲違いするどころか、金を巡っていがみ合うようになった。

「そうね。そう思う」

「だから、お母さんが観葉植物の水やりに出たとき、後ろから思い切り背中を押した。それだけじゃ落ちなくて、お母さんは手すりにお腹を載せて、なにするの、やめてって叫んだ。やめなかった。一緒に落ちてもかまわないってぐらい身体ごとぶつかったら、お母さんがフェンスの向こうに落ちて見えなくなった。私がやった。お母さんを殺した。ごめんなさい」

絵麻は少女の小さな肩を抱いた。

「佳乃ちゃん。話してくれてありがとう。佳乃ちゃんはお父さんとお母さんが大好きだったんだね」

「違う。二人とも大嫌い」

絵麻の腕の中で、佳乃がいやいやをするようにかぶりを振る。

「大嫌いは、大好きなんだよ。佳乃ちゃんはお父さんとお母さんが大好き」

「大好き……」

その言葉を生まれて初めて聞いたような言い方だった。

「そう。大好き。大好きだから家族みんなで一緒にいたかったし、大好きだからこそ、裏切られたのが許せなかったんだよ」

　ふたたび佳乃の瞳が潤み始め、ほどなく頰を涙が流れた。これまで抑えてきた子どもらしさがあふれ出したかのように、号泣し始める。

　絵麻はその頭を胸に抱き寄せた。

　せめて彼女の涙が収まるまで、ぬくもりを注ぎ続けようと思った。

9

「お疲れさまです」

　綿貫が差し出してくるジョッキを避けるようにして、絵麻は身体をひねり、自分のジョッキを守った。

「おいおい。なんで乾杯を避けるんだ。野暮なことをするやつだな」

　筒井が不服そうに唇をすぼめ、綿貫とジョッキをぶつけ合う。

「っていうか、なんで二人がいるの」

　絵麻が正面に向き直るや、綿貫が隙をついてジョッキをぶつけてきた。綿貫の向こうに座った筒井も腰を浮かせて手を伸ばし、乾杯を求めてきたので、しかたなく応じる。

「なんでもなにも、事件解決後の祝勝会は恒例になってるだろうが」

筒井が美味そうにビールを飲む。

「それは西野とやってることで」

「肝心の西野はどうしたんですか」

綿貫が絵麻の隣の空席を覗き込む。

「帰った」

「珍しいな。西野が飲み会を欠席するなんて」

「そうですね。飲み会のために生きてるような男なのに」

筒井と綿貫が首をひねっている。

「そもそも飲み会の予定なんてなかったの」

いつもの新橋ガード下の居酒屋で一杯だけ飲んで帰るつもりだったところに、筒井と綿貫が押しかけてきたのだった。

「まあ。そもそも今回西野には、参加する権利がないよな」

「なにもしてないですしね」

「その点、おれたちの貢献はデカい」

「筒井さんが引き出した情報が、犯人の自供につながったわけですしね。さすがです。いよっ、鬼の筒井」

綿貫が口に手を添え、筒井を讃える。

「おまえのサポートもなかなかだったぞ。良いチームワークだった。おれたち二人の手柄だ」

「恐縮です。どこまでもついていきます」

身内の讃え合いに、絵麻はしらけて鼻を鳴らした。

「別にあの情報がなくても、自供するのは時間の問題だったし……っていうか、自分の引き出した情報がなにを意味してるか、気づいてすらいなかったじゃない」

筒井から連絡をもらった時点で、かなり佳乃の信頼を勝ちえた感触があった。だが同時に、少女に罪を告白させることへの抵抗も大きくなっていた。佳乃が心を開いてくれるにつれて、絵麻の中でも佳乃への好意が膨らんでいたのだ。捜査対象に感情移入は禁物と頭ではわかっていても、相手が幼い子どもとなると徹底するのは難しい。

「気づいてたさ。ただ、おまえをためしたんだ」

「あれのどこがためしたことになるんですか。意味わからない」

筒井がへへっと笑い、焼き鳥の串にかじりつく。

「大将。おかわり」

綿貫が空のジョッキを掲げ、人差し指を立てておかわりを要求した。

「今日は好きなだけ飲め。楯岡の奢りだ」

「なんでそうなるの」

ついタメ口になった。

「あいたたた。いてえな」

筒井が顔をしかめ、自分の顎を触る。

「まだ痛むんですか」

綿貫が心配そうに覗き込んだ。

「ああ。担当外の事件に首突っ込まされて、関係者を取り押さえるときに肘鉄食らったところがな」

肘鉄を食らったのは、油断した自分が悪いんじゃないか。

思ったが、面倒なので指摘するのはやめた。

「一人三千円までにしてね。それ以上はビタイチ出さないから」

「よっしゃ」

綿貫がガッツポーズしている。

本当は祝勝会なんて気分じゃない。事故に偽装された殺人事件の真相を暴くことはできたものの、いつものような達成感は皆無だった。もともと担当でもなかったのだから、自分が首を突っ込みさえしなければよかった。そうすれば、愛に飢えた少女が罪人になることもなかったという、後悔に似た感情さえ抱いている。

あれほど台本を読み込んでいたドラマを、佳乃は降板した。おそらくこのまま芸能界を引退することになる。

警察は社会的影響を考慮し、事件の真相を公表していない。そのため、ドラマの降板は佳乃の体調不良とされている。マネージャーとして二人三脚で歩んできた母を失ったのだからしかたがない、おとなびていてもやはり十一歳の少女なのだからと、報道は佳乃に同情的だ。だがいつ、どこで、真相が漏れるとも限らない。そうなったとき、世間はいまほど同情してくれるだろうか。どんな事情があれ、佳乃が実の母親を死なせたのは事実なのだ。

そう、事実。紛れもない事実。

犯人の年齢や境遇、犯行に至る経緯に同情の余地があったとしても、捜査に手心を加えるなどもってのほかだ。どんな凶悪犯にだって、自分なりの理がある。

だから、自分のしたことは間違っていない。このまま罪から逃れて大人への階段をのぼっていくのは、あの子にとっても良いことではなかったはず。

「おい、楯岡」筒井の声が飛んできて、我に返った。「醤油取ってくれよ」

絵麻の前に置かれた醤油差しを顎でしゃくる。

「醤油差しなら、そっちにもあります」

筒井の隣席の前にも調味料入れが置いてあり、醤油差しも入っていた。

「おお。こっちにあったか。悪い悪い」

「っていうか、なんに醤油を？」

醤油をかけるようなメニューは、カウンターの上には見当たらないが。

すると、筒井はコロッケの皿を引き寄せ、醤油をかけ始めた。

「コロッケに醤油？」

「なんだよ」

筒井がむすっとしてこちらを見る。

「コロッケにはソースでしょ」

「なに言ってんだ。醤油一択だろ」

醤油差しの注ぎ口から、ふたたび醤油が流れ出す。かなりの量をかけたらしく、コロッケが真っ黒になっていた。

「気持ち悪っ」

「なにが気持ち悪いもんか」

「しかもせっかくサクサクに揚げたものに、あんなに醤油をかけてビシャビシャにして。台なしじゃないの」

「それを言うならカツ丼も否定されるべきだな。揚げたカツを卵でとじてふにゃふにゃにしてる」

上手いことを言ったと思ったらしく、筒井は満足げに笑いながら、コロッケに箸をつけた。

絵麻は綿貫の二の腕を叩く。

「ちょっと。あんたもなにか言いなさいよ。相棒がコロッケに醬油なんて非道なことをしているのに、黙ってる気?」

「そうですね。わかりました」

切り干し大根の小皿に箸をつけていた綿貫が、筒井のほうを向く。

「筒井さん。無礼を承知で言わせてもらいますが、コロッケに醬油はないです」

「おまえもソース派だって言うのか」

筒井がファイティングポーズをとる。

「いいえ。マヨネーズ派です」

綿貫を挟む二人が、揃って椅子からずり落ちそうになった。

「マヨネーズ?」

「マヨネーズだと?」

いきなり四面楚歌になって、綿貫が視線を右往左往させる。

「なんですか。マヨネーズ、美味しいじゃないですか」

「マヨネーズが美味しいのはマヨネーズの味だからよ。コロッケにマッチしてるわけじゃない」

「そうだ。だいたい醬油かソースかって話なのに、マヨネーズなんて出てきたら議論がぶれる」

「お二人の論争のためにコロッケにマヨネーズつけてるわけじゃありませんので」

綿貫は珍しく一歩も引かない構えを見せ、「ちょっとお手洗いに行ってきます」それ以上の議論を避けるように席を立った。

空席を一つ挟み、筒井と絵麻が残される。

「ったく、なんなんだ。コロッケにマヨネーズって」

「ほんと。コロッケにはソースだっての」

「だから」急にバカバカしくなったらしく、筒井が小さく笑った。

「どっちでもいいか。好きなように食えばいい」

「そうですね。でもコロッケにはソースがいちばん合います」

「勝手にしろ」

筒井が醬油漬けになったコロッケを箸で口に運ぶ。

「なんだか見てたら私も食べたくなってきた。大将、私にもコロッケ一つ」

カウンター越しに注文していると、「間違ってない」筒井の声がした。

絵麻は筒井に顔を向ける。

「おまえは間違ってない」

もう一度、筒井は絵麻とは目を合わせず、カウンターに向かって呟くように言った。

コロッケ論争の続きかと身構えてから、すぐに違うと気づいた。少女の罪を暴いた
おまえの選択は、間違っていないと言っているのだ。

だからわざわざこの店に――。

「あの子だって、感謝してたろ」

筒井の言う通りだった。かっとなって衝動的に殺人を犯してしまったものの、佳乃はずっと罪悪感を抱えていた。さしたる隠蔽工作もしなかったため、当初はすぐに犯行が露見すると思っていたらしい。ところが所轄による検死の結果、事故死と断定されてしまった。そうなると、もはや自分から犯人だと名乗り出るほうが、勇気を必要とする。いっそ過ちを認めて罰を受けたほうが楽になると考えつつも、自ら言い出すことができずに小さな胸を痛めていたのだ。

「だからおまえは間違っちゃいない。おれたちは罪を犯した人間を捕まえる。そいつらにどんな背景があって、どんな心境で犯行に至ったのか、情状酌量の余地があるかを判断するのは、司法に任せればいい」

「……筒井さん」

「なんだ」

「ガラにもないこと言われると、明日のお天気が心配になるのでやめてください」

「なんだと、このやろ。人が心配してやってるのに……ああ、心配して損したぜ」

憎まれ口を叩いたものの、もちろん絵麻は、筒井たちの心遣いに感謝していた。間違っていない。そう信じるしかない。

やがて絵麻の注文したコロッケが出てきた。同じタイミングで、綿貫が戻ってくる。椅子に座りながら、綿貫が「えっ？」と声を上げた。自分の目を疑うように、眼鏡を外して何度も目もとを拭う。

「楯岡さん。それ、醤油ですよ」

「わかってる」

絵麻はコロッケに醤油をかけていた。

「なに？」

筒井が身を乗り出して皿を覗いてくる。

「だって、さっき……」

コロッケに醤油かソースかで散々もめていたじゃないか。この短時間でなにがあったのか。綿貫は狐につままれたようだった。

「なにごともためしてみないと判断がつかないと思って」

絵麻は醤油をかけたコロッケを箸で切り分け、口に運んだ。そして目をぱちくりとさせる。

「なにこれ、合う。意外に美味しい」

「本当ですか」

疑わしげな綿貫のほうに皿を押し出した。

「食べてみなよ」

「いいんですか。じゃあ、お言葉に甘えて」

いただきます、と片手を立て、新しい割り箸で一部を切り取って口に運んだ。もぐもぐと咀嚼（そしゃく）しながら、眼鏡の奥で目を見開く。

「美味しいです」

「な。言っただろ」

綿貫の肩を叩く筒井と視線がぶつかり、絵麻は口角を軽く持ち上げた。

10

着信音が鳴り、西野はローテーブルの上のスマートフォンを手にした。

綿貫からのメッセージ着信のようだ。指紋認証でロックを解除し、メッセージを開く。

「なんだこれ？」

送られてきたのは画像だった。撮影した写真を送ってきたのだろう。

「どうしたの」

ベッドサイドを背もたれにして、テレビを見ていた琴莉が振り返る。

「綿貫さんから写真が送られてきたんだけど、これはなんだろ」

「見せて」

琴莉にスマートフォンの画面を向けた。しばらく写真を凝視していた琴莉が、自信なさげに言う。

「コロッケ……？」

西野はあらためて液晶画面を見た。言われてみればたしかにそう見える。

「でも、おれの知ってるコロッケより黒い」

写真のコロッケらしき楕円形（だえんけい）の物体は、真っ黒だった。

「なにかかけてるんじゃない。醤油とか」

「醤油？　コロッケに醤油はかけないでしょ」

「なら、圭介はなにかけるの」

「ソース」

「そうなんだ。今度ためしてみようかな」

「一度やったらもう戻れなくなるよ」

「いつもながらおおげさ。ソースはソースじゃない」

琴莉が笑ってくれて、ほっとする。心の中で綿貫に感謝した。

「綿貫さん、どこでなにやってんだろ。普通こういうのって、写真映えする豪華な料理とかを送ってくるものじゃないか。それなのに、ソースだか醤油だかで真っ黒になったコロッケってさ」

相変わらず独特のセンスだ。そういうところ、嫌いになれない。

「でも、美味しそうだよ。コロッケってときどき無性に食べたくなるよね。けど、揚げ物は自分で作ると大変だからなあ」

「なら、コンビニのやつ、食べる？」

「あのレジ横で売ってるやつか。あれもときどき買っちゃうよね」

「いまから買いに行くか」

「いまから？」

琴莉がスマートフォンで時刻を確認する。

「たまにならいいじゃない」

「そうだね。太ったからって文句言わないでよ」

「琴莉はむしろ、もう少し太ったほうがいい」

「いまの発言、将来後悔するなよ」

部屋着にアウターを羽織り、アパートを出た。最寄りのコンビニまでは徒歩三分ほどだ。

コンビニに入り雑誌の棚をひやかし、飲料売り場で缶ビールの銘柄を選んでから、レジに向かう。レジ横のショーケースには、幸運なことにコロッケが二つ並んでいた。

二つとも購入して店を出る。

「油でギットギト。すごく身体に悪い味がする」

早速コロッケをかじった琴莉が、発言とは裏腹に幸せそうな顔をする。

「どうだ。コロッケにソース」

店員が小袋のソースをつけてくれた。琴莉は「本当にソースなんだ」と感心しながら、コロッケにソースをかけていた。

「美味しい。合う」

「だろ?」

西野も小袋のソースをかけ、コロッケを一口食べた。本当に脂っこい。おそらく店で出されたらそんなことはないはずなのに、外で歩きながら食べると美味しく感じるのはなぜだろう。

「こういうの、久しぶりだな」

「昔よく買い食いしたよね。高校の近くの稲毛屋で」

「稲毛屋！　懐かしい名前だ。まだやってるのかな」

　西野たちの通っていた高校の生徒たちのたまり場になっていた惣菜店だ。部活で汗を流した後、自宅で夕食が待っているのはわかっているのに、我慢できず唐揚げやコロッケを買った。たいしておもしろくもない冗談でバカ笑いしながら歩いた夕暮れの通学路が、脳裏に鮮やかによみがえる。

「どうかな。稲毛屋のおやっさん、あの時点でけっこう年いってたよね」

　見た目は怖いのに話すとやけに声が高くて愛想の良い、はげ頭の老店主だった。「たくさん食えよ」と「勉強しろよ」が口癖だった。琴莉が言うように、運動部の生徒たちから「おやっさん」と呼ばれ親しまれていた。

「頑張ってくれてるといいけどな。そのうち覗きに行ってみるか」

　琴莉が複雑そうな顔になり、しまった、と思う。いまの発言は無神経だった。西野と違い、琴莉にとって故郷はけっして懐かしいだけの場所ではない。つらい過去の象徴でもある。

　それでも、琴莉はすぐに笑顔を取り戻した。

「行ってみよう」

「いいのか」

「いいよ。だって稲毛屋のおやっさん、元気にしてるか気になるじゃない」

アパートに着いた。扉を開けて中に入る。

「えっ……」

驚いた様子で立ち止まる琴莉の背後から室内を覗き込み、西野は息を呑んだ。

琴莉の住まいの間取りは1Kで、三畳のキッチンと八畳の寝室に分かれている。キッチンと寝室は磨りガラスの嵌まった格子戸で仕切られており、格子戸が閉められていれば玄関から寝室はぼんやりとしか見えない。

消灯して出かけたので、格子戸の向こうは暗がりのはずだった。

なのに、光っている。

光っているのではない。

燃えている。

西野は琴莉に外で待つよう伝え、部屋に上がって格子戸を開いた。

やはりそうだ。シングルベッドの掛け布団が燃えている。そしてベッドのすぐ横の窓に吊り下げられたカーテンが、ゆらゆらと揺れていた。熱による気流で揺れているのではない。外から風が吹き込んでいる。

窓が開いている？

なんで？

疑問に思ったが、いまは火を消し止めるのが先だ。床に置いてあったクッションを両手で持ち、布団に押しつけるように叩く。出火して間もなかったのだろう。火の勢いもそれほど大きくなかったため、すぐに消し止めることができた。

せいぜい一、二分の出来事だというのに、全力疾走したように息が乱れ、全身が汗だくになっている。

「大丈夫？」

玄関のほうから琴莉の声がした。

「ああ、大丈夫。消防に通報してくれないか」

「わかった」

琴莉がスマートフォンを取り出し、電話をかけ始めた。

西野は部屋の中を見回した。

月明かりに照らされた室内に、焦げ臭さが充満している。

よく見ると、掛け布団の周辺にキラキラと輝くものが落ちていた。そろりと腰を屈め、目を凝らして観察する。ガラスのようだ。

風にゆれるカーテンを持ち上げて見ると、窓が開いているのではなく、ガラスが割られていた。

誰かの悪意に晒されたような気がして、全身が粟立った。

いったい誰がこんな真似を。
これは失火ではない。
間違いなく放火だ——。

第四話

誰がために鈴は鳴る

1

アクリル板の向こうで椅子に腰を下ろしながら、女は満足げに笑った。

「ほらね。私の言った通りになったでしょう」

「言ったはずよね、彼女に手を出したら許さないって」

絵麻は低い平坦な声音に、怒りを滲ませる。

「なんのことかしら」

肩まで伸びた長い黒髪をかき上げながら、女が笑う。恐ろしいことに、以前より若返ったような肌艶の良さだ。とても四十代には見えないし、刑の執行を待つばかりの死刑囚とも思えない。

楠木(くすのき)ゆりか。明らかになっているだけで十二件の殺人を行ったとされるこの元心療内科医を逮捕し、取り調べたのは絵麻だった。

東京拘置所の面会室。絵麻はアクリル板を挟んで、ゆりかと対峙している。ゆりかの向こうには、影のように存在感の薄い刑務官が、椅子に腰かけていた。

できればここには、二度と足を踏み入れたくなかった。この女の顔も、二度と見たくなかった。だが、こうなるだろうという予感と諦めがあったのも、また事実だった。

しばらく無言で見つめ合う。

「あの子の部屋が放火された」

「あの子って？」

「わかってるでしょう」

頷きのマイクロジェスチャーの後、ゆりかはかぶりを振った。

「いいえ。わからない。なんのことを言っているのか」

「畑中にやらせたの？」

畑中尚芳。楠木と獄中結婚した男だ。亜細亜文芸社の『週刊話題』編集部に所属する記者として楠木に面会を繰り返すうち、すっかり籠絡されてしまったらしい。楠木と外の世界とのパイプ役どころか、彼女の手足のように怪しい動きを見せている。

「もっと詳しく説明してくれないかしら。そうしないと、なんの話をされているのかわからない」

「説明するつもりはない。畑中にやらせたの」

「だからもっと詳しく話してよ。自己開示は心理的距離を縮めるのに、すごく大事なことでしょう。取り調べ相手には、いつも自己開示してるじゃない」

「いつもかどうかなんて、あなたにはわからない」

「わかるわよ」と、ゆりかが艶めかしく瞬きをする。「だって私は、直接あなたの取り調べを受けたのよ。しかも私には、心療内科医として心理学の覚えもある。あなたがどうやって被疑者を自供に導いているのか、よぉくわかった。そしてあなたに惚れた」

「迷惑千万な話ね」

「人間って厄介な生き物よね。好意を向けられると逃げたくなり、逃げられると追いたくなる。でもいざ振り向かれると、急激に気持ちが冷める。私があなたに執着しているのは、ぜったいに手が届かないからかもしれない」

　ゆりかがアクリル板に手をぺたりとつけた。

　その手をひややかに見つめながら、絵麻は言う。

「そんなに私のことが好きなら、教えてくれたっていいでしょう。誰に指示してやらせたの」

「知らなぁい」

「畑中なの」

「どうかしら」

「畑中ではないのね」

　ゆりかが虚を突かれたような顔をする。だが、すぐに愉快そうに口角を持ち上げた。

「またそれ？　なだめ行動？　マイクロジェスチャー？　微細表情？　相変わらずす

ごいわね。でももうあなたに、私は裁けない。私はすでに裁かれていて、最高刑に処せられることも決定している。これ以上、私を罰することはできない」

　つとめて無表情を装ったが、この状況で微細表情まで完全に制御するのは難しい。ゆりかが指さしてくる。

「『怒り』の微細表情が出てる」

「これは微細表情じゃない。誰が見てもわかる『怒り』。ついでに『嫌悪』や『軽蔑』も加わっていると思うけど。そっちには気づかなかった？」

「ぜんぜん気づかない。私への『共感』と『好意』には気づいたけど」

「嘘をつかないで。あなたに好感なんて、一ミクロンも抱かない」

「あなたこそ素直になりなさい。私たちは同じなの。一つの魂から枝分かれした、ツインソウル」

「いかれてる」

　嫌悪感たっぷりに吐き捨てた。

　それなのにゆりかは、嬉しそうに顔をアクリル板に寄せる。

「そう。いかれてるの。私はいかれてる。でもあなたはどうなの。ノーマルだって胸を張って言える？　そもそもノーマルってなに？　人と同じって喜ぶべきことなの？　実際の世間じゃ、突出した人間のほうが賞賛されるし、権力を握るじゃない。それなのにノーマルであることを望んで、ノーマルであると自覚して安心する心理ってなに？　むしろ恥じるべきことじゃない？　望んで誰かの飼い犬になりたいと言っているのと同じだと思わない？」

「くだらない議論には付き合わない」

「でも、あなたは私を無視できない。私を嫌っているようでいて、心の底では私に共鳴し、私という存在を求めている。その証拠に、こうして会いに来てくれた」

「勘違いしないで。まとわりついてくる鬱陶しい羽虫を、追い払おうとしているだけ。もうまとわりつかないで」

「素直になればいいのに。私はあなたのためを思ってやっている。かわいいかわいい西野くんを取り戻してあげようと頑張ってる。そのためには、あの女が邪魔でしょう？」

「認めたわね」

「なんの話？」

「あの女と言った」

「あの女の名前は言っていない。あなたが思う女とは違うかもしれない。ためしにその女の名前を言ってみてくれない？」

「言わない」

「そういう強情なところも好き」

「私は嫌い」

「私は好き」

「とにかく、認めた」

「認めたらどうなるの？　私を再逮捕する？　取り調べして、裁判にかける？　とっくに死刑が確定している私を？」

　ゆりかが自分を指さしながら変顔を作り、挑発してくる。

「さっさと刑が執行されればいい」

「怖っ」

　ゆりかが肩をすくめて怯えるような芝居をした。「警察の人間が人の死を望むなんて」

「あなただけは特別」

「命の選別をするんだ。この人の命は尊いけど、この人は死んでもいいって、線引きしちゃうんだ。それなら私のやったことだって、非難されたり裁かれたりする所以はないわよね。私は私にとって、価値のない命を処分しただけ」

「さっきも言ったけど、議論するつもりはない。今日は宣告するために来たの」

「なにを？」

「これ以上、私たちにかかわってこないで。さもなければ」

「さもなければ、なに……」

にやにやと含み笑いを浮かべていたゆりかの動きが、続く絵麻の一言で止まる。

「あなたの手足をもいで、身動きをとれなくしてやる」

束の間、沈黙が流れた。

「おもしろいこと言うわね。私の手足をもぐ？　どうやって？　あなたは私に手出しできない。死刑囚の私には刑が執行されるその日まで、国家により安全が保証されている」

ゆりかが余裕の笑みを取り戻す。

「そうかしら」

「虚勢を張ったところで、無意味よ」

「これは虚勢ではない。私になだめ行動やマイクロジェスチャーが出てる？」

絵麻はゆりかの返事を待たずに、席を立った。

2

筒井は床に描かれた人型に向かって手を合わせた。

「ったく、むごいことしやがる」

人型の周囲には被害者から流れ出た血液と思われる血だまりが、大きな染みを作っている。かなりの出血があったようだ。

「筒井さん」

綿貫の声がしたほうに、筒井は振り返った。

「どうした」

「エントランスの防犯カメラに、犯人たちが捉えられていました」

「本当か」

綿貫に続いて部屋を出て、一階に向かう。

管理人室の扉を開くと、先客がいた。

「お疲れさまです」

「舌打ちとはご挨拶ですね」

西野と楯岡のコンビだった。自覚はないが無意識に舌打ちしていたらしい。

「先に映像を発見したのはこっちだぞ」

綿貫の不毛な主張は、案の定一蹴された。

「どっちが先だろうと、どのみち捜査本部で共有される情報なんだからいいでしょ。しょうもない縄張り意識発揮しないよね」

「もう一度、映像を見せてもらえますか」

西野の要求に応え、管理人がリモコンを操作する。管理人は七十歳ぐらいの、白髪の男性だった。

二十四型の液晶画面に映像が流れ始める。このマンションはオートロックになっており、エントランスの集合インターフォンの鍵穴に鍵を差し込むことにより、両開きのガラス戸が開く仕組みになっている。

映像はエントランスを斜め上から捉えたもののようだ。集合インターフォンが画角に入っており、出入りする人間の顔が鮮明に捉えられている。ここに犯人も映っているのであれば期待できる。

「景山（かげやま）さんのお帰りはもう少し先なので、早送りします」

管理人が液晶画面にリモコンを向ける。

「そろそろです」と言って通常再生に戻したときの、画面左下に表示された時刻は午後十一時四十二分だった。

「来ました」

髪をオールバックに撫でつけ、紫色のスーツに身を固めた、とても堅気には見えない男がエントランスに入ってくる。先ほど筒井が見た遺体と同じ服装なので、これが被害者の景山吉宗（よしむね）で間違いない。

景山がポケットから鍵束を取り出し、集合インターフォンの鍵穴に差し込む。そしてオートロックを通過しようと身体の向きを変えた、そのときだった。

目出し帽をかぶり、ジャンパーを着た二人組の男が、素早く景山に駆け寄る。気配に気づいて振り返ろうとした景山に、一人が右手に持った棒状の物体を突きつけた。白く反射しているので形状まではよくわからないが、おそらく刃物だろう。景山の遺体には殴る蹴るの暴行を加えられたとみられる打撲痕のほか、数え切れないほどの切創が残されていた。

二人の男が景山を押し込むようにして、画面から消える。

「この後、二人が出ていくのは、一時間ぐらい経ってからです」

管理人がふたたびリモコンで映像を早送りする。

エントランスから走り出る二人の男の後ろ姿が捉えられるのは、翌〇時五十分のことだった。

「ストップ」

楯岡が指示したときには、すでに二人の姿は消えていた。「ちょっと戻して、もう一度見せてくれませんか」

管理人が指示に従う。

二人がエントランスから走り出ようとするところで、映像を停止した。

「このバッグ、マンションに入るときには持っていませんでしたね」

西野が指摘する通り、二人は両肩にバッグを提げている。

「ヴェルサーチにグッチ、フェラガモにボッテガ。高級ブランドのバッグばかりね」

楯岡は顎に手をあてた。

映像だけでよくわかるな、とひそかに感心しながら、筒井は言った。

「ってことは物盗りか」

「それにしては、暴行が凄惨で執拗だったと思います」

綿貫が眼鏡を直しながら指摘する。

たしかに、単純な物盗りなら、あそこまで暴行する必要があるだろうか。だが犯人グループが、高級ブランドのバッグを持ち出したのは事実。

「ほかにも宝飾品がなくなってるんじゃないかしら」

「被害者は独り身なので、被害状況を正確に把握するのは難しいかもしれませんね」

楯岡と西野が話し合っている。

「しかし被害者は、えらく羽振りがよかったんだな」

風貌も堅気っぽくないし、裏社会の人間だろうかと思ったが、見当違いだった。

「筒井さん。上様先生、知らないんですか」

「なんだそれは」

「亡くなった景山吉宗さんのニックネームです。吉宗っていう名前の徳川将軍がいるじゃないですか。それに引っかけて、上様先生って呼ばれてるんです。もっともいまは、教師ではなくなってるみたいですけど」

いまは教師ではないということは、もとは教師だったのだろうか。元教師が紫色のスーツだと？

西野が説明する。

「元高校教師です。夜の街に出かけて未成年を補導する活動で有名になったみたいです。ニュース番組かなにかで特集されているのを、見たことがあります」

『おれは日曜昼のドキュメント番組で見た。非行に走る少年少女の気持ちを理解するためには、同じような格好をするのがいちばんだとかなんとかで、ヴェルサーチなんだよな」

「ただのヤンキー趣味じゃないってこと？」

口ぶりから察するに、楯岡も上様先生を知らなかったようだ。

「そういうふうに言ってました」

綿貫が頷く。

「いまはなにやってるんだ」

その質問には、管理人が答えた。

「講演活動なんかで忙しくしていらっしゃったみたいです。夜回り活動は継続していたようですが。ぱっと見は怖いけど、会えば挨拶してくれるし、言葉遣いは丁寧だし、きちんとした方です」

「そうでしたか」と応じたものの、テレビ出演で得た知名度を利用して講演活動で荒稼ぎし、高級ブランド品を買い漁（あさ）る男が、「きちんとした方」にはとても思えない。

筒井は顎をかいた。

「しかし、相当額の金品が持ち去られ、犯人の姿も鮮明に捉えられてはいるものの、目出し帽をかぶって完全に顔を隠しているんじゃなあ」

手がかりとしては弱い。ジャンパーもだぼっとしたシルエットで身体の線がわかりにくかったし、はっきりしているのは犯人の身長ぐらいだ。両者ともに一七〇センチ台といったところか。

ひとまず被害者の人間関係を洗うことにして、管理人室を出た。

「ところで西野。琴莉さんは大丈夫か」

マンションのエントランスを出た後で、筒井は訊いた。西野の婚約者とは、筒井も面識がある。その婚約者のアパートが放火されたと聞いて驚いた。

「平気です。いまはホテルに滞在してますけど、保険も下りるみたいだし」

「琴莉さんは落ち込んでないか」

「そうでもないです。宗教団体に拉致されたときのほうがよほど怖かったと言ってました」

笑い話のように言われても、筒井にはとても笑えない。一人暮らしの女性が自宅アパートに放火されて、平気でいられるわけがない。

「犯人は、まだ？」

「ええ。神奈川県警の所轄なので詳しい進捗はわかりませんが」

「困ったことがあれば、なんでも言え。なんならうちに泊まってくれてもかまわないぞ」

「それは琴莉が気を遣うだろうし……でも、ありがとうございます」

「おまえは大丈夫なのか」

虚を突かれた顔をした西野が、笑顔で自分の胸をこぶしで叩く。

「僕はぜんぜんですよ」

景山のキャッシュカードを使って銀行から金を引き出そうとした男の身柄が確保されたのは、それから五日後のことだった。

3

　絵麻が取調室の扉を開くと、デスクの向こうで男が顔を上げた。ツンツンに立てた短髪に、こけた頰、光沢素材の派手なシャツの袖口からは刺青が覗いている。眉根から眉尻にかけて刃物のように細く整えられた眉は敵意剝き出しに歪められていたが、女性刑事を見たとたんに持ち上がり、緩やかなカーブを描く。

　西野が憤然と鼻息を吐き、記録係の椅子を乱暴に引いた。その音に反応して眉をひそめたものの、こちらに視線が戻ってきたときには鋭さがなくなっている。

　明らかな油断――それが命取りになるとも知らずに。

　絵麻はほくそ笑みながら男に歩み寄る。

「あら、私好みのワイルド系イケメンじゃない」

　呆けたように口を半開きにした男に、絵麻は右手を差し出す。

「はじめまして。取り調べを担当する捜査一課の楯岡絵麻です」

　ほとんど無意識という感じで、男が右手を握り返してきた。身体的接触。心理的距離はぐっと近くなった。

「お姉さん、本当に刑事？」

「そうは見えない？」

「ぜんぜん見えない」

「よく言われる」

絵麻はデスクに両肘をつき、重ねた手の上に顎を載せる。

「めっちゃ驚いたよ。まさか女――しかもこんな綺麗な女が入ってくるとは思わないからさ」

「あんなジャガイモみたいな男を見た後だから、よけいに？」

後頭部に突き刺さる西野の視線を払いのけるように、髪をかき上げる。

取り調べに臨む際、西野を先に入室させるのは、絵麻のルーティンだった。取り調べ相手は、柔道の黒帯持ちでいかにも刑事らしい風貌の後輩刑事と対峙することで、取り調べ相手は、もう一人の刑事はどんな強面なのかと身構える。そこにとても警察官に見えない、スマートな女性刑事が登場したらどうだろう。しかも女性刑事は、好意も露わに親しげな態度を取ってくるのだ。相手は安堵すると同時に、いかつい男性刑事よりこちらのほうが与しやすいと油断し、心を許す。

「ジャガイモだなんて、かわいそうなこと言ってやるなよ」

「あら。じゃあなにがいいかしら。カリフラワーとかブロッコリー？」

「野菜縛りか」

男が笑う。

絵麻はデスクに捜査資料を開いた。

「ええと、まずはあなたの名前……山崎勇人（やまさきはやと）くん。三十歳。住所は……ここには不定と書いてあるけど」

「友達の家を泊まり歩いてるから」

「そういうことか」絵麻はすんなりと納得してみせた。「あなたのこと、なんて呼べばいいかな。友達からはなんて呼ばれてる？」

「そうだな。山ちゃんがいちばん多いと思うけど」

「なら、勇人っちだ」

「なんでそうなるんだよ。山ちゃんがいちばん多いって言ったのに。これじゃわざわざ訊いた意味ないじゃん」

「あるよ。ほかの人と同じ呼び方したくなかったから訊いたんだもん」

「えっ」

山崎の頬がかすかに紅くなる。

「だから勇人っち。嫌かな」

「そんなことないけど」

「じゃあ勇人っちで」

　相手の名前を呼ぶことで心理的距離が近くなる。ニックネームで呼べばさらに効果的になり、そのニックネームが、ほかの人間の使っていない独自のものであれば効果絶大だ。二人だけで共有しているという事実が、心理的な壁を崩壊させる。

「勇人っち、すごく良い身体してるけど、鍛えてるの」

「いや。特には」

「本当に？　ジム行ったりとかも？」

「しないしない。おれの筋肉は実戦仕様だからさ」

　右手をぐっと握りしめて腕を曲げ、力こぶを作る。

「ちょっと触らせて」

　絵麻は腰を浮かせ、山崎の二の腕に触れた。

「うわ、カチカチ。金属みたい。ねえ、西野も触ってみる。すごい腕だよ」

「けっこうです」

　即答だった。

「ってか、この腕のタトゥーはなに？」

「これかい」

　山崎がボタンを外し、袖をまくって前腕を露わにする。

「すごっ」絵麻は口もとを手で覆った。

腕全体に龍が描かれている。

「和彫りだからタトゥーというより刺青だな。小岩に有名な彫り師がいて、二年待ちの人気なんだけど、その人に彫ってもらったんだ」

「そうなんだ。すごい鮮やかだし、繊細だものね。いまにも動き出しそう」

「だろ？　自分でも、いまだに鏡で見て惚れ惚れするよ」

「わかる。これ身体全体に入ってるの？　肩とか胸とか背中とか」

「もちろん。おれの身体自体が芸術なんだ。見たいかい」

「うん。見たい」

「おれも見せたいけど、残念だな。二人きりだったらよかったんだけど」

邪魔者扱いされた西野が、へっ、と鼻で笑った。いまのうちに調子に乗るだけ乗っておけ、とでも考えているのだろう。

その後も絵麻は山崎に質問を投げかけては、おおげさに驚いたり、賞賛したりを繰り返していった。そして山崎が両腕をデスクに載せ、前のめりで話をするようになった、およそ二十分後。

そろそろか。

「つい盛り上がっちゃって脱線しちゃったわね。捜査の話もしないと」

山崎は名残惜しそうだったが、当初のような警戒は微塵もなくなっていた。絵麻のことを侮っている上に、自分の味方だと誤解している。

「本当にそうだよ。絵麻ちゃんはいちおう刑事なんだから」

「いちおう、だなんて失礼ね。れっきとした刑事です」

舌を出して抗議すると、山崎はごめんごめんと笑った。

「景山吉宗さんのキャッシュカードを使って、大田区池上のATMで現金を引き出そうとした……と書かれているけど」

捜査資料に記載された情報を読み上げた。実際には、読み上げるまでもなく概要は把握済みだ。

山崎が顔をしかめる。

「ダメだよね。そういうことをしたら。でも、今月ちょっと金欠でさ、ついつい出来心っていうの？」

「キャッシュカード、拾ったんだっけ」

「そうそう。道端に落ちてたやつを拾ったの。警察に届けようか迷ったんだけど、いくら入ってるかたしかめてからにしようかなって思い直して。でも、結局金を引き出すことはできてないから、そんなに重い罪にもならないよね」

しばらく考える間を置いて、絵麻は言った。

「これが初犯なら執行猶予がつくかもしれないけど、勇人っち、けっこう出たり入ったりしてるよね。しかも直近の脅迫罪の仮釈放、明けてない」

元暴力団員の山崎には暴行、傷害、脅迫、威力業務妨害など、数え切れないほどの前科があった。

「そうか。しょうがないな」

山崎は観念した様子で息を吐いた。

「罪を認めます。拾ったキャッシュカードで現金を引き出そうとしました。すみませんでした。しばらく塀の中で反省してきます」

芝居がかった言い方で、深々と頭を下げられた。

ううん、と唇を曲げて唸(うな)った後で、絵麻は顔を上げる。

「許さない」

「は？」

「勇人っち、反省してないよね」

「反省してるさ。信じてくれないかもしれないけど――」

「嘘つき」声をかぶせた。

「反省してるなら洗いざらい話してよ。キャッシュカードは拾ったものではない」

「拾ったものだよ。拾った場所だって説明できる。うちの最寄りの大森(おおもり)駅から少し入ったところの――」

「もういい」

　絵麻は耳の穴を指でほじる。

「なだめ行動とマイクロジェスチャーだらけの話を聞くのって、すごく疲れるの。噛み噛みの漫談を聞かされて、話に集中できない感じ？　かなあ？　いや、たとえとして微妙かも」

「なんだよ、それ」

　山崎の身体が絵麻から離れる。頬の筋肉がひくついている。少しずつ、目の前の刑事が敵だという現実を理解し始めている。

　だが、もう遅い。絵麻は取り調べ開始からの二十分で、山崎のしぐさの傾向や癖を収集するサンプリングを終えていた。

　もはや嘘は通用しない。

「拾ったっていうの、嘘でしょう」

「嘘じゃない」

「はい。嘘。頷きのマイクロジェスチャー」

「マイクロ……なに？」

「とにかく嘘だってわかってるってこと。キャッシュカードを拾ったのでなければ、どうしたの。たとえば、景山吉宗さんの自宅に押し入り、彼を殺して奪った……」

「そんなことするわけないだろ」

「やったのね」

「やってねえし」

「やったやらないの水掛け論は不毛だから、さっさと物証を見つけちゃいましょう」

「だからそんなの——」

「勇人っち、景山さんのマンションから高級ブランドのバッグをいくつか持ち出してるよね。あと、おそらくはバッグの中に貴金属も詰めていた。あれ、どうした？」

「知らねえし！」

「表の質店や古物商に持ち込んだら、すぐに足がつくわよね。外国に持ち出すルートを持ってる裏の業者にでも伝手があった？」

「そんなものない！」

おっ、と思った。山崎は嘘をついていない。

ということは——。

「金目の物を持ち出してみたけど、質店なんかに持ち込んだところで足がついてしまうことに、後になって気づいた。だからいまも手もとにある」

山崎がまぶたを見開き、小鼻を膨らませ、唇を内側に巻き込み、絵麻から遠ざかろうと身を引く。

これまででもっとも顕著な『驚き』と『恐怖』の表出だった。

4

「来ました」

綿貫の声で、筒井は腕組みを解いて視線を上げた。

覆面パトカーのフロントガラス越しの住宅街を、男が歩いている。汚れた作業着にリュックを背負い、スーパーで購入した弁当が入っているらしい白いポリ袋を提げ、頭にタオルを巻いた男は、猫背のせいか人生に疲れ切っているような印象を受けた。とても強盗殺人を計画し、実行した人間には見えない。

人違いかもしれないと思い、筒井はじっと目を凝らす。日に焼けて無精ひげが浮き、多少印象は違うものの、太い眉と大きな鉤鼻(かぎはな)という特徴は捜査資料の写真と一致している。

間違いない。

「行くぞ」

筒井は助手席の扉を開いて、外に出た。

「確保する」

綿貫がジャケットの袖に取り付けたマイクで、同僚たちに指示を出している。なにしろ相手は傷害致死の前科のある元暴力団員にして、刑務所で知り合った山崎勇人とともに強盗殺人を働いた疑いのある男だ。激しい抵抗が予想されるし、万に一つでも、取り逃がすわけにはいかない。捜査員十人で退路を塞ぐ布陣だった。

音を立てないように車の扉を閉め、各持ち場で待機する同僚たちに行くぞと目顔で伝える。

接近を悟られないよう、まわり込むようにしながら対象に近づいていった。

あと二メートルという距離に接近したところで、男が顔を上げた。左手に弁当袋、右手に自宅のものと思われる鍵を握っている。鍵につけられている猫のキャラクターのキーホルダーは鈴になっているらしく、小さなちりりんという音がした。すぐそこには、現在男が暮らしているアパートがある。

「平田竜司（ひらたりゅうじ）だな」

筒井が警察手帳を提示すると、男は一瞬だけ視線を泳がせて動揺を見せたものの、こくりと頷いた。

「そうです」

「用件はわかってるな」

「山崎勇人と共謀して景山吉宗さん宅に押し入り、金品を奪った上に、景山さんに暴行を加えて死なせた容疑だ」

　綿貫が懐から逮捕状を取り出した。

「山崎のやつ……」

　平田が憎々しげに吐き捨てる。

　やけになって抵抗してくるかもしれないと身構えたが、そうはならなかった。

「はい。間違いありません。自分がやりました」

　素直に両手首を差し出され、拍子抜けする。

　綿貫があらためて逮捕状を読み上げ、平田に手錠をかけた。

　覆面パトカーにも、いっさいの抵抗を見せずにすんなり乗り込む。

　なにか決定的な見落としでもしでかしたかと不安になるほど、あまりにあっさりとした逮捕劇だった。


「——と、いうわけだ」

　腕組みしたまま話を聞いていた楯岡が、にやりと唇の端を持ち上げた。

「つまり、平田はなにか重要な事実を隠している。自分にはそれを見抜く自信がないから、私に取り調べを担当してほしいと？」

　警視庁本部庁舎。取調室に続く廊下に、筒井たちはいた。壁に背をもたせかけた楯岡を、筒井と西野が取り囲むように立っている。

「自信がないわけじゃない。セカンドオピニオンの必要性を感じただけだ」

「平田は罪を認めているんですよね。しかも罪状は強盗殺人。傷害致死の前科も併せると、極刑もありえる重罪です。それなのになにを隠す必要があるんでしょう」

不可解そうな西野に、筒井は言った。

「だからそれをたしかめたいって言ってるんだ。逮捕された時点で、自分が死刑になるかもしれないのは、平田だってわかっていたはずだ。罪を軽くしようとするためなら、いくらだって嘘をつくし、隠し事をしても不思議じゃない。だがやつは違った」

楯岡がほんのり茶色い髪の毛をかきむしる。

「死を覚悟してまで隠し通したい秘密……か。なんだかまた後味の悪い結末を迎えそうで怖いけど、だからって真実から目を背けるわけにもいきませんね」

「頼んだ」

「別に筒井さんに頼まれなくても、私が嘘を見過ごすなんてありえないし。私は私の仕事をするだけだし」

行くわよと西野を顎でしゃくり、楯岡が廊下を歩き出す。

が、ふいに立ち止まって筒井を振り向き、人差し指を立てた。

「貸し一つですよ」

「ビール一杯か」

「ケチなこと言わないでください。飲み代一回ぶんでしょ」

ふたたび歩き出した。

頼んだぞ、楯岡。

筒井は戦地に向かう二人を見送りながら、ひそかにエールを送った。

5

扉を開いた瞬間、山崎とはわけが違うと感じ、絵麻は気を引き締めた。

平田竜司は全身に諦念と覚悟をまとっていた。三十八歳なのでまだ老け込むような年齢ではないし、実際に筋肉の詰まったようながっしりした体軀をしているのだが、なぜか生気を感じない。

筒井に忠告されるまでもなく、これは難敵かもしれない。

絵麻はデスクに歩み寄り、いつものように握手を求めようとした。が、瞬時の判断でそれをやめた。半分ほど白くなった髪は生え際がばっさり切り揃えられていて、おそらくセルフカットしている。スウェットは何十回も洗濯したせいで、袖口がほつれていた。自分がどう見られているのかに頓着していないし、異性に気に入られたいという欲求も薄い。伏し目がちなのは取調室という非日常空間に緊張しているとか、罪が暴かれるのを恐れているというより、生来のナイーブさ故という印象を受ける。

　他人に壁を作り、容易に心を開かないタイプ。職場と自宅の往復で、地味な生活を送っている。友人は少なく、というよりほとんどいない。酒は一人で飲むことを好み、女性がお酌してくれる店には足を向けない。知らない女がいることで、気を遣ってしまいストレスになるから。

　見え見えのお世辞は、余計に警戒を強める結果につながる。

　キャバクラトークは封印だ。

「はじめまして。今回あなたの取り調べを担当する、楯岡絵麻です」

「よろしくお願いします」

　神妙に頭を下げられた。観察すればするほど、金目当てに強盗殺人を働くような犯人像とは結びつかない。

　絵麻は捜査資料を読み上げる。

「平田竜司さん。生年月日は――」

　平田は自身の生年月日と年齢、現住所を答えた。

「逮捕容疑については、聞いてるわよね」

「はい。強盗殺人です」

「認めるの」

　さすがに躊躇する間があった。ここで認めてしまえば、死に近づくのだから当然だろう。それでも最終的には認めた。

「認めます。間違いありません」

　嘘ではない。平田は強盗殺人を働いた。

「事件当日のことを、話してくれない？」

　平田が口を開く。

「あの男が帰ってくるのを、マンションの前でずっと待っていました。そして、あの男が鍵でオートロックを開けたところで、山崎と二人で押し入りました。刃物を突きつけ、声を出したら殺すと脅しながら、あの男を部屋まで連れていきました。それからやつに暴行を加えて殺し、金目のものを奪えるだけ奪って逃げました」

「景山さんは抵抗しなかったの」

「殺されるとまでは思っていなかったのでしょう。殺されたくなければおとなしく言うことを聞け、と言って脅したので、従えば命は助かると思っていたはずです」

　絵麻はこぶしを口にあてる。

「それなのに殺した」

「はい」

「なぜなの。あなたたち、景山さんと面識があった？　話し声などで正体に気づかれてしまったとか？」

「いいえ。面識はありません。あのときに初めて言葉を交わしました。自分の声を聞いたところで、あの男にはおれが誰か、わかるはずもありません」

「もともと知り合いだったわけではない」

「はい」

「山崎も？」

「山崎も、自分もです」

「なのになぜ、景山さんを狙ったの。山崎はあなたに誘われた、と話しているけど」

「その通りです。間違いありません」

恐ろしいほど素直だった。

「あの男のことは、テレビで見たんです。密着ドキュメントのような内容の番組でした。そのときに、あの男が住むマンションの外観もちらっと映りました。見た瞬間、マンションの場所がわかりました。いま自分は、建築作業員としていろんな場所で働いていますが、たまたまあのマンションの近くの現場があったので」

「だから押し入ろうと考えた？」

「ええ。情報番組のコメンテーターなどもやっているし、講演活動で忙しくしているというのも知っていたので、かなり貯め込んでいるだろうと思いました」

「そして、山崎を誘った？」

「はい」

「山崎とは刑務所で服役中に知り合ったのね」

「そうです。お互い元暴力団員で共通の話題も多かったので。出所した後も、なにかおいしい話はないかと何度か連絡してきました。あの男の家に押し入ることを思いついたとき、誰か相棒がいたほうがいいと思いました。だから声をかけました」

「おいしい話というのは、違法なことという意味？」

「合法でも割の良い仕事があればかまわなかったのですが、自分たちのような人間には、ろくに仕事の口もありませんので。景山襲撃の話をしたら、少し驚いていましたが、それほど迷うこともなく乗ってきました」

主犯は平田、山崎は共犯。このへんは山崎の供述と一致する。

「景山さんを殺すことは、最初から決めていたの」

「決めていました」即答だった。

「山崎は聞いていなかったから驚いた、と話している」

「言ってませんでしたから」と、小さな笑いが挟まる。

「景山を生かしておけば、警察に証言されて自分たちが逮捕される可能性が高まります。もともと面識はないし、顔を目出し帽で隠していても、思わぬところで手がかりを残してしまうかもしれない。だから殺しました。山崎には殺害計画を話していなかったし、手を下したのは自分だけです。自分が景山を暴行する間、山崎には金目のものを探せと指示しました」

束の間、沈黙が降りる。

絵麻はおもむろに口を開いた。

「それにしては暴行が執拗じゃない。遺体にはおびただしい数の打撲痕や骨折、切創があり、司法解剖によれば、死因は外傷性ショック死という結果が出ている。長時間いたぶられ続け、絶命したということ。実際、あなたたちは一時間以上も景山さん宅に滞在している。ただの口封じなら、さっさと殺してしまえばいいのに」

「自分は頭に血がのぼると、見境がなくなるタチなものですから。警察の方なら、よくおわかりかと思いますが」

卑屈な笑みだった。

「十二年前の傷害致死事件ね。肩がぶつかったぶつからなかったで大学生グループと喧嘩になり、そのうちの一人に暴行を加えて死に至らしめた」

「そうです。あのときも、頭に血がのぼって止まらなくなりました」

「出所したのが二か月前。当時の捜査資料と公判記録を見せてもらったわ。一緒にいたあなたの友人が止めようとしたにもかかわらず、その友人にまで暴力を振るい、全治三か月の怪我を負わせている」

「三つ子の魂変わらず、ってやつです。刑務所に入ったところで、生まれついた性根はそうそう変わるものではないということでしょう」

「それにしては、いまは冷静そのものじゃない。達観しているようにさえ見える」

「いまの状況は自分の愚かさが招いた結果ですし、変われない自分にうんざりしてもいますから」

「強盗殺人の罪は重いわよ」

「知っています」

「死刑になるかもしれない」

「それだけのことをしました」

目を閉じ、静かに息を吐く平田は、すでに絞首台に向かう覚悟を決めているかのようだ。

絵麻は捜査資料に目を落とす。

「十二年前の事件の資料によれば、あなたは暴力団を抜けたものの定職に就くことができず、せっかく見つけた仕事もすぐに辞めてしまうことを繰り返していた。そのことを奥さんに責められて喧嘩になり、むしゃくしゃしていた、と供述している。あなた、結婚していたの」

「事件を起こしたことで、愛想を尽かされて離婚しましたが。仕事も続かず、家庭も守れず、極道すらも続けられない、半端者です」

「奥さんは情状証人として出廷することすら拒んでいる。離婚自体は服役後だけど、公判の時点で離婚の意思を固めていたのね」

「当然です」

「あなたたち夫婦には、五歳の息子と四歳の娘がいた。子どものことを考えれば、定職にも就かずぶらぶらしては揉め事を起こす父親なんて悪影響でしかない。奥さんに同情するわ」

反発するような微細表情はいっさいない。平田は自らを恥じるように目を伏せている。

「出所後、家族には会った？」

「いいえ。妻は私の顔など見たくないでしょうし」

「子どもたちはどうなの。妻にとってのダメな夫が、子どもにとってもダメな父親とは限らない」

「そんなことないです。子どもたちにも嫌われている」

絵麻ははっとした。

「子どもに会いに行った？」

「いいえ」

「行ったのね。息子さん？　娘さん？　それとも両方？」

勝手に話を進め始める取調官に、平田は戸惑いを浮かべた。

「会っていません」

「娘さんに会えたのね」

「違います」

「わかった」

「いや。自分の話を聞いてください。会っていません」

絵麻は無視してメモ用紙にペンを走らせた。

「西野」

書き終えたメモを背後の西野に差し出す。

「これ、筒井に」

「了解です」

西野がメモ用紙を手に、取調室を出ていく。

混乱した様子の被疑者に、絵麻はいたずらっぽく微笑みかけた。

6

平田の別れた妻は、神奈川県海老名市に住んでいた。駅からタクシーで二十分ほど走った住宅街に建つ洒落た洋風の木造一戸建ては、二人の子どもを育てるシングルマザーのイメージとはかけ離れているが、どうやら実家のようだ。

インターフォンを鳴らした刑事たちを出迎えたのは、白髪を綺麗にセットした六十代ぐらいの女だった。用件を伝えると、入れ替わるように先ほどの女を二十歳ほど若返らせた女が出てきた。彼女が平田の元妻である、多田三枝子らしい。

筒井と綿貫は応接間に通された。三枝子と向き合ってソファに腰を下ろし、話を切り出そうとしたところで、最初に出てきた白髪の女が盆に茶を載せて入ってくる。

綿貫が「おかまいなく」と形式的な台詞で遠慮したものの、白髪の女はむしろ刑事たちと話したかったようだ。

「あの男、また捕まったみたいですね」

憎々しげに鼻に皺を寄せる。それまでの上品な婦人という印象ががらりと変わり、「魔女」という単語が、筒井の脳裏をよぎった。

「お母さん」

娘が迷惑そうにしているのにもかかわらず、母親はまくし立てた。

「昔っから本当にどうしようもない男だったんです。気性が荒くて野蛮でね。この子があの男と結婚するって言い出したとき、亡くなった主人はカンカンに怒って、結婚するなら二度とうちの敷居は跨ぐなって……だから離婚するまで、娘とは会っていなかったんです。ときどきこっそり電話していたから、孫が生まれたっていうのは聞いていたんだけど。三枝子あなた、本当にあのとき別れといてよかったね。まだ結婚してたら、元気の受験や就職にも響いただろうし」

「お母さん」娘は毅然とした口調になった。

「いい加減にして。聞かれてもいないことをペラペラと」

「だって三枝子……」

「いいから。出ていって」

不服そうにしながらも、母親が刑事たちに思い出したような愛想を振りまいて部屋を出ていく。

湯呑みを持ち上げながら、筒井は部屋を見回した。室内はヨーロッパ調の高そうなインテリアで統一されている。

「いや、趣があって素敵なお宅ですね。庭も綺麗に手入れされていて」

「古いだけです。庭は母の趣味で」

三枝子の話し方も上品で、厳しくしつけられてきたのがわかる。こんな家の娘がヤクザとくっつくなんて言い出したら、親が激怒するのも無理はない。

「先ほどお母さまがおっしゃっていた元気さん、というのは」

綿貫が訊いた。

「息子です。大学受験を控えているので」

「娘さんもいらっしゃるとうかがいましたが」

母親が一人の名前しか口にしなかった時点で、違和感があった。

楯岡によれば、平田は出所後、娘と会っていたという話だったが。

三枝子が悲しそうに目を伏せる。

「瑠々(るる)は死にました」

筒井と綿貫は互いの顔を見合った。

「それは大変失礼しました」

話が違う。頭が混乱してくる。

「かまいません」と三枝子がかぶりを振った。

「いつのことだったのか、うかがっても？」

「八か月ほど前です。自殺でした。電車に飛び込んだんです」

八か月前であれば、平田はまだ出所していない。楯岡の推理が間違っていたのだろうか。

「遺書のようなものは……」

「ありませんでした。警察の方によれば、衝動的な自殺だったのだろうと」

「娘さんがなにかに悩んでいたとか、心当たりは」

話の途中から、三枝子はかぶりを振っていた。

「ごめんなさい。事故が起こったときにも訊かれましたが、まったくありません。いや、ありません、というより、わからない、というほうが正確かもしれません」

「と、申されますと？」

「あの子は中学に入ったころから、あまりよくないお友達と一緒に過ごすことが増えたというか」

「非行に走った、ということですか」

「はい。学校をサボったり、こっそりお酒を飲んだり煙草を吸ったりもしていました。うちの母もあのような人ですから、頭ごなしに叱るんです。それが鬱陶しかったのか、瑠々はあまりうちに帰ってこなくなりました。死ぬ直前までそんな状態が続いていたので、お恥ずかしながら、私にはあの子がなにを考えていたのか、なにに悩んでいたのか、まったくわからないんです」

母親失格ですよねと、三枝子は背を丸めて小さくなった。

はっ、と綿貫がなにかに気づいたような顔になる。

「もしかして、瑠々さんは東京の繁華街まで遊びに行ったりしていたんじゃないですか。たとえば池袋とか」

筒井もピンときた。平田の娘が池袋で遊び歩いていたとすれば、夜回り指導を行っていた被害者との接点が生まれる。

三枝子は申し訳なさそうにかぶりを振った。

「ごめんなさい。あの子がどこでなにをしていたのか、本当にわからなくて……もっと親身になって相談に乗ってあげるべきでした」

いまにも泣き出しそうだ。知りたいことはあらかた聞いたし、そろそろ事情聴取も終わりだろうか。

そう思ったが、ふと思い出して筒井は訊いた。

「そういえば、猫のキャラクター」

「猫?」と、三枝子が首をひねる。

丸くて耳が茶色くてこんなポーズをしていて、と記憶を辿りながら説明した。綿貫も加わっての連想ゲームになったものの、最終的に綿貫が「これですか」とスマートフォンで検索した画像により特定することができた。十年以上前に、子どもたちの間で流行(はや)ったキャラクターらしい。

「それがどうかしたんですか」

三枝子が目を瞬かせる。

「平田がそのキャラクターのキーホルダーを持っていたんです」

いかつい風貌に似合わないし、やけに古びているしで、印象に残った。

しばらく一点を見つめていた三枝子が「ああ」と思い出したようだ。

「瑠々が小さいころにプレゼントしたものだと思います。あの子は一時期、あのキャラクターが大好きで、なんでもかんでもあのキャラクターで揃えようとしていました。平田が持っているのは、ガチャガチャで出てきたカプセルトイだと思います。自分が持っているのと同じものが出てきたから、パパにあげるって」

やはりそうだったか。

「そうですか。あの人、いまだに瑠々からもらったものを……」

しんみりとした口調で言いながら、三枝子が嬉しそうな、いまにも泣き出しそうな、複雑な表情を浮かべた。

7

絵麻が扉を開けて取調室に入ると、平田は休憩に入る前と同じ姿勢で、行儀良く椅子に座っていた。

「瑠々ちゃん、亡くなっていたのね。自殺だったって」

ぴくり、と平田の眉が持ち上がる。

「知ってた？」

「いえ。いま初めて……驚いています」

乱れる息の気配で、動揺しているのがわかる。

「いまね、うちの捜査員があなたの元奥さん――三枝子さんに会いに行って話を聞いてきたの。瑠々ちゃんはちょっとやんちゃだったみたいね。友達の家を泊まり歩いて、あまり家に帰らなくなっていたみたい。だから家族との会話もなくなっていて、遺書も残されていなかったから、自殺の原因はわからないらしい」

次第に落ちていく平田の視線を呼び戻すように、絵麻は訊いた。

「心当たり、ある？」

「まさか」

平田がかぶりを振る。

頷きのマイクロジェスチャーをともなって。

「そうよね。あなたは十二年前に事件を起こして以来、家族には会っていない……ってことになっているんだもんね」

含みのある言い方に頬を痙攣させたものの、平田は口を開かなかった。

「私さ、思うんだけど」と、絵麻はデスクに肘をつき、顔の前で手を重ねる。

「瑠々ちゃんみたいな子が、上様先生――あなたが殺した景山吉宗さんのことね、彼に出会っていれば、結果は違ったのかもしれない」

『嫌悪』のマイクロジェスチャー。

「だって、上様先生はお給料も出ないのに夜の街をパトロールして、未成年を指導してまわってたのよ。なかなかできることじゃない。すごく子ども想いの熱心な先生だったのね」

「そうでしょうか」

感情を抑え込もうとして、口調が硬くなっている。

「あら。意見の相違があったみたい。どうぞ、あなたの考えを聞かせて」

くいくいと手招きで発言を促す。

「ほ、本当に子どものことを想うのであれば、教師を辞める必要はなかったのでは。結局教師を辞めてテレビに出たり、講演活動したりするための売名じゃないですか。自己顕示欲を満たして、金を稼ぐために教育を口実にし、子どもたちを利用しているんだ」

「そういう見方もあるかもしれない。でも有名になってからも、繁華街のパトロールを行っているし」

「それは……！」

熱くなりすぎたのに気づいたらしい。はっとした様子で、平田が言葉を呑み込む。

「それは、なに？　なにか言いたいこと、あるの？　あるなら言って」

「ありません」

「そう」

頰を触るなだめ行動は、あえて無視した。

「実は私も学生のころはかなりやんちゃしてて、自宅にも寄りつかなかったし、学校も気が向いたときに友達に会いに行く感覚だった。だから瑠々ちゃんには、すごくシンパシーを覚える。でも、私の場合は教育熱心な良い先生に出会って、変わることができた。子どもって自我が曖昧だから不安定なんだけど、だからこそ柔軟でもあって、誰に出会うかによって、その後の人生が大きく変わるほどの影響を受ける。きっと上様先生も私に影響を与えてくれた先生と同じように、いや、テレビで取り上げられるぐらいだからそれ以上に教育熱心で、子ども想いの人格者に違いない。瑠々ちゃんも出会いにさえ恵まれていれば、思春期の不安定な自我と悩みをしっかり受け止めて導いてくれる上様先生みたいな理想の教師との出会いがあればよかっ……」

絵麻がそこで言葉を切ったのは、平田が両手でデスクを叩いたからだった。デスクに両手を置いたまま、平田が視線を上げる。

「もう、この話はやめてもらえませんか」

「どうして？」

「聞きたくないからです」

「別にあなたに話せとは言っていないわよ。私の話していることを、ただ聞いてくれればいい。あなたが殺した上様先生が――景山さんがいかに素晴らしい教育者だったのか、彼がいなくなったのが、子どもたちの未来にとっていかに大きな損失だったか、知ってほしいと思うから」

「そんなことは、ない！」

大声で否定する平田の顔には、激しい『怒り』が表れている。

「どうしてあなたに断言できるの。あなた、景山さんと面識はなかったのよね」

「なくてもテレビで見ただけでわかる。あいつはろくなやつじゃない」

「どういうふうにろくなやつじゃないのか、教えてほしいわね」

絵麻は両手の指先同士を合わせる『尖塔のポーズ』を作り、平田を見た。

「あなたが景山さんを殺したのは、犯人特定につながる手がかりの隠蔽が目的じゃない。憎かったから。そして景山さんがいなくなったほうが、世のため人のためになると考えたから」

「違う！」

「あなたは、景山さんにたいして強い敵意を持っていた。それはあなたが景山さんのことを『あの男』呼ばわりしていたことからも明らか。あなたは景山さんが金を持っていそうだから標的にしたのではない。景山さんを憎んでいたから、彼の自宅に押し入った。目的は金よりも彼への制裁、あるいは復讐だった。だから、彼にたいして執拗な暴行を加えた」

「かまいません。それでかまいません。テレビで見て以来、あの男を胡散臭いと感じていました。人格者ぶっているが、中身はきっとろくなものじゃないと思っていた。あんなやつが成功者の顔をして、大手を振って歩くなんて間違っている。夜のパトロールなんて欺瞞もいいところだ」

「だって家出少女を自宅に連れ込んで、性的暴行を加えてるんだから」

平田が石になった。

「そうなんでしょう。自宅に帰らず友人宅を泊まり歩いていた瑠々ちゃんは、ある日、夜の街をパトロールする景山に出会う。どういうふうに言ったのかはわからないけど、景山は瑠々ちゃんを自宅に連れ帰った。景山のことを男としてではなく、指導に熱心でお節介な元教師として見ていたからこそ、瑠々ちゃんも景山を疑うことはなかった。それなのに景山は、少女の信頼を裏切った。更生の機会を奪うどころか、彼女に生涯消えることのない苦しみを与えた。殺人を許容するわけじゃないけど、私があなたの立場でも許せないと思う」

平田がパクパクと動かす口から、言葉が紡ぎ出されることはない。

「言葉が出てこないみたいだから、私の推理を聞いてくれるかな。景山に暴行された瑠々ちゃんは、誰にも相談することができずにいた。家族とは気まずくなっているし、勇気を振り絞って相談しても、下手したら厳格な祖母からは自業自得だと責められかねない。でも吐き出したい。誰かに聞いてほしい。そんなときに思い出したのが、十年以上も会っていない、獄中の父親だった。関係が近いからこそ話せない、逆に、あまり知らないからこそ話せるってこと、あるわよね。その点あなたは、秘密や悩みを打ち明けるにはちょうどいい距離感だった。だから、瑠々ちゃんはあなたの収監されていた刑務所に面会に行った。たった一人で」

違う、と唇が動く気配を察して、絵麻は先手を打った。

「違うと言うならば、面会記録を調べてもかまわない。照会には少し時間がかかるけど、私の推理が正しいかどうか、はっきりする。必要ならきちんと手順を踏んで照会する。とりあえずその前に、私の話をぜんぶ聞いてくれないかな」

返事を待たずに、絵麻は続ける。

「面会が一度だけだったのか、それとも複数回に及んだのかはわからない。だいたい一度の面会に許可されるのが十五分程度と考えると、何回かは面会しているかもね。十二年近くも会っていなかった娘から頼られて、さぞ嬉しかったでしょう。ただ同時に、景山吉宗という男の所業を知って、憤ってもいた。いずれにせよ、あなたにできるのは娘の話を聞くことだけ。服役中の身ではなにかしてあげることもできないし、有益な助言もできない。そのうち、瑠々ちゃんが面会に訪れなくなる。電車に飛び込んで自ら命を絶ったのだけど、獄中のあなたには面会に来なくなった理由はわからない。やがて満期になり出所したあなたは、瑠々ちゃんに会いに行く。そのときに初めて、彼女が自殺したことを知った。遺書を残さない衝動的な自殺だったため、原因は不明ということになっているけど、あなたにはなにが瑠々ちゃんを死に追いやったのか、はっきりとわかっていた。だからあなたは、服役中に知り合った山崎を誘い、しかし山崎には本来の目的を伝えずに、景山に復讐することにした」

もはや平田から言葉は出てこない。ただ現実から逃れようとするかのように、顔を左右に振り続けている。

「ただ一つ、不可解なのは、なぜ動機を隠そうとするのか……ってこと。だって、娘さんがそんなに酷い目に遭ったのが事実であれば、ありのままを証言すれば情状酌量になる可能性がじゅうぶんにある。にもかかわらず、あなたは事件を金目当ての強盗殺人に仕立てようとした。おかしいじゃない？　普通、被疑者は、罪を軽くするために嘘をつく。でもあなたは、罪を重くしようとしている。しかも傷害致死の前科を考慮すると、今回の強盗殺人で死刑判決が出る可能性だってあるっていうのに……ずっと考えてたの。あなたが死を覚悟してまで守ろうとしたもの、隠し通そうとしたものはなんなのか……って」

おそらく、と、絵麻は両手を擦り合わせながら上目遣いに被疑者を見た。

「景山は性的暴行の模様を、動画に収めていたんじゃないかしら。あなたが景山を執拗に暴行したのは、たんに憎しみをぶつけたかったからではない。景山に事実を認めさせ、動画を収めたメディアの在処を吐かせるための拷問だった。被害者宅から金目のものを持ち去ったのは、メディアを持ち去った事実をカムフラージュするため。そして警察に逮捕された際に本当の動機を告白しなかったのは、それをすれば警察がメディアの捜索に躍起になるから。景山を高潔な教育者のイメージのままにしておくのは癪だけど、すでに殺害して復讐は遂げている。あなたにとって真実を告発する以上に、そして自分の罪を軽くする以上に大事だったのは、被害に遭った少女たちがセカンドレイプに遭わないようにすることだった。どう？　私の推理」

絵麻が小首をかしげるころには、平田の表情はすっきりしたものに変わっていた。ここまで言い当てられたのなら、抵抗は無駄と悟ったらしい。

やがて観念したように、長い息を吐く。

「メディアを探そうとしても無駄です。完全に破壊して処分しました」

ついに自供を引き出した。

興奮した西野がこちらを見たらしく、キュッと椅子の脚が床を擦る短い音がする。

「中身は確認した？」

「いいえ。見ていません。あの映像をいつか誰かに見られてしまうかもしれないという恐怖から、瑠々は自殺したんです。自分が見てしまったら、瑠々に申し訳が立たない。誰にも見せるわけにはいかないんです。もちろん、警察にも」

「でも、確認しなければ、本物かどうかわからない」

「自分は腐っても元ヤクザです。効果的な暴力の利用法はわかっている。あれだけ痛めつけられて嘘をつき続けられる堅気はいません。あれには、そういう映像のデータが収録されている。瑠々以外にもたくさんの女の子が被害に遭っていたようですが、そのデータもぜんぶ、あのＵＳＢメモリに入っていたそうです」

映像を収めたメディアはＵＳＢメモリだったらしい。

「でも万に一つ、ほかにも動画を収録したメディアが存在するかもしれない。警察がそれを見つけ出そうとしないように、強盗殺人ということにしたの？」

「それもあります。洗いざらい吐かせたつもりでも、本人が存在を忘れてしまっているメディアがあるかもしれない。だから、メディア自体存在しないことにすれば、安心だと思いました。ただ、それ以上に……」

　平田がうつむき、ぎゅっと目を閉じる。やがて全身を震わせながら言った。

「自分を罰したかった。瑠々が非行に走ったのは、自分の責任です。景山のような男についていったのは、父親不在の家庭に育ったせいで、無意識に父性を求めていた影響もあるのかもしれない。そうなると、原因はすべて自分自身に集約されるんです。肩がぶつかったぶつからなかったの小さな諍いが原因で人を死なせ、長い時間を無駄にしてしまった。それが自分だけじゃなく、たくさんの人に迷惑をかけ、人生を狂わせる結果につながることにまで想像が及ばなかった。バカでした。自分がバカなせいで、自分の過去に犯した過ちが、いまの自分に返ってきている。結局は自分が悪い。すべて自分のせいだ。そんなことを考えると、自分が生きていてはいけないと思うんです」

　感情が抑えきれなくなったらしく、静かな嗚咽が漏れ始める。

「違う」絵麻はあえて突き放すように、冷たい声を出した。

「あなたは、自分が生きていてはいけないと思っているのではない。瑠々ちゃんがいなくなった世界で、生きていく自信がなくなっただけ。人生から逃げ出そうとしている。だから自分を罰したいのであれば、死に急ぐのは間違っている。生きるしかない。過去を悔いながら、瑠々ちゃんに詫びながら、生きるしかない」

「その通りだよ。辛いんだ。なにやっても上手くいかなくて、大切な人を傷つけるばかりの結果になって、生きていくのが辛いんだ。もうやめたい。人生をやめたかった」

啜り泣きが号泣になり、平田が椅子から崩れ落ちる。

助け起こそうと椅子から腰を浮かせた西野の動きを、絵麻は手を上げて制した。

平田は床に横になりながら声を上げて泣いた。

瑠々、ごめん、瑠々、ごめん、という涙ながらの懺悔(ざんげ)が、取調室に響き続けた。

8

「では皆さま、お疲れさまでした。いろいろありましたけれど、無事、事件も解決したことですし、僭越(せんえつ)ながら私、西野圭介が――」

西野の挨拶が終わらぬうちに、シオリが「乾杯！」とジョッキを掲げる。

「かんぱーい！」

テーブルについた全員が、それぞれのグラスをぶつけ始めた。

「ちょっと待ってくださいよ。まだ僕の話が終わってない――」

一人だけ立ち上がっておろおろとする西野を、絵麻は見上げた。

「なにか続きあったの」

「いや。ええと、ですね。乾杯！」

しゃがみ込みながらジョッキをぶつけてくる。

「結局なんもねえんじゃないかよ」

筒井が笑いながら西野とジョッキをぶつけ合う。

「琴莉さん。本当にこんなやつで大丈夫ですか。考え直すならいまのうちですよ」

綿貫の言葉に、ジョッキを両手で持った琴莉が笑顔で頷いた。

恒例の事件解決を祝う祝勝会だが、筒井と綿貫のほか、シオリも参加したいと言い出し、さらには西野が琴莉を一人にしておくのは心配なので連れてきていいですかと申し出たため、いつものカウンター席しかない新橋ガード下の店ではなく、筒井の行きつけであるニュー新橋ビル一階の居酒屋で行うことになった。総勢六人でテーブルを囲んでいる。

「こんな人でも良いところ、あるんです」

「おいおい。熱いなあ」

まだ飲み始めたばかりなのに、筒井はやけにテンションが高い。

「こんな人って言い方はないだろう」

西野は不満げだ。

「良いところって、どんなところがですか」

シオリが前のめりで目を輝かせる。

琴莉が虚空を見上げた。

「健康だし、たくさん食べるし、喧嘩しても一晩寝たら忘れてるし、よく眠るし」

「めちゃくちゃ元気な小学生って感じね」

絵麻の指摘に「そうそう」と、琴莉が人差し指を立てた。

「まさしく、めちゃくちゃ元気な小学生なんです」

「それ褒めてんのか？」

筒井が膝を叩いて笑う。

「褒めてるつもりです。めちゃくちゃ元気な小学生みたいだから、一緒にいてすごく楽なんです」

「なんか複雑だなあ」

西野が首をひねり、シオリがうんうんと頷く。

「でも、一緒にいて楽って、すごく大事なことですよね。隙のない男の人って、遠くから見てるぶんにはいいけど、一緒に過ごすとなると、こっちもきちんとしなきゃいけないと思うから疲れちゃうし」

「たしかに隙だらけっていう意味では、西野以上の男はなかなかいないかも」

「楯岡さんほど棘のある物言いする人も、なかなかいませんけどね」

睨み合う絵麻と西野をよそに、琴莉が「あ、でも」と話を続ける。

「火事になったときに素早く動いて火を消して止めてくれたのを見たときには、やっぱり警察官なんだなあ、頼りがいがあるなあって思いました。私なんか足がすくんで、ぜんぜん動けなかったのに」

「それは株が上がりますね。彼氏のそんなところ見ちゃったら、惚れ直しちゃうかも」

シオリの言葉に、琴莉が嬉しそうに目を細める。

「そういえば琴莉さん、いまはホテル暮らしなんですよね。なにか不自由はないですか」

筒井があらたまった調子で言う。

「ありがとうございます。いまのところ大丈夫です」

「むしろ職場までは近くなったんだよな」

西野が琴莉を見た。

「そう。着るものをぜんぶホテルに持ち込むわけにはいかないから着回しが大変かなって心配してたけど、やってみればなんとかなって、意外に何着かあれば事足りるものですね」

「楽天的なところは、西野と似てるのかな」

綿貫が言う。

「そうかもしれません。だからウマが合うのかも」

ね、と互いの目を見つめ合い、ひゅーひゅーと筒井からひやかされている。

「いまはなんとかなってるとして、今後はどうするんですか」

シオリが大きな目をぱちくりさせる。

「引っ越し先を探しています。さすがにあんなことがあった部屋に戻るのも怖いし」

「引っ越しって、一人で？」

「そのつもりです」

「いっそ、もう西野と一緒に住んじゃえばいいんじゃないか」

筒井が婚約中の二人に顎をしゃくった。

「そうだよ。どのみちもうすぐ一緒に住むんだろ。一人暮らしの部屋を借りても、すぐに引っ越すことになるんじゃ、敷金礼金がもったいない」

綿貫も良いアイデアだという感じに二人を見る。

だが西野は「マジっすか」と、頬を強張らせている。

「なんだよ。婚約者が困ってるのに手を差し伸べてやらないのか」と筒井。

「いやまあ、そうなんですけど、独身待機寮、快適なんですよねえ」

「バカ野郎！」

筒井に怒鳴られ、西野がびくっと身体を震わせた。

「いつまで独身気分でいるつもりだ。おまえは所帯を持つんだぞ。一家の大黒柱として、これから家族を守っていかなきゃならないんだ」

「出た。昭和オヤジの家族観」

絵麻の指摘に「なんだと！」と筒井が鼻息を荒くした。

「いまは令和ですよ。大黒柱なんて古い。二人で一緒に支え合っていけばいいじゃないですか」

「そういうおまえは独身だよな」

「あ……もしかしていまのセクハラ？　それともパワハラ？」

筒井と絵麻の間に、綿貫が割って入る。

「まあまあ。二人のことですから、二人が納得して決めればいいと思います」

「家族といえば」と、琴莉が話題を変えた。

「上様先生を殺した元反社の男」

一瞬、空気がピリリと引き締まる。警察官の婚約者といえど、内部情報を漏らすわけにはいかない。

周囲の緊張に気づいていないかのように、琴莉は続けた。

「娘さんの復讐のためにやったんだってね。娘さんが乱暴される場面を撮影した映像データのＵＳＢを、取り戻して破壊したって」

平田はその事実すら闇に葬ろうとしていたが、警察としては目を瞑るわけにはいかない。

USBメモリは完全に破壊した上で破棄されており、被害者宅の捜索でもバックアップは見つかっていない。そのため物証はないものの、景山に補導された少女たちへの聞き取りにより、景山の裏の顔が少しずつ明らかになり始めていた。平田にとっては不本意かもしれないが、警察の集めた情報が、情状酌量の材料になるだろう。

「いくら琴莉でも事件について詳しく話すことはできないよ」

婚約者からの硬い声での忠告に、琴莉は「そんなのわかってる」と、手をひらひら振った。

「最初にニュースで事件のことを見たときには、刑務所を出てすぐに強盗に入って人を殺して、最低の男だなって思った。もしもこの男に子どもがいたら、たまんないだろうなって。自分にはこの父親と同じ血が流れてるって考えるだけで、自分のことが嫌いになって死にたくなるだろうなって」

そういう発想になるのは、彼女自身がカルト宗教団体の教祖の娘として、苦しんだ過去があるからかもしれない。同席した全員が知っている。

「でも、実は娘の復讐をしようとしていたとわかって、その事実を隠すために死刑すら受け入れる覚悟をしていたっていうのを知って……なんというか、すごくうらやましかった。あの犯人、決定的に父親に向いてないけど、父親になりたかった人なんだって思えた。むちゃくちゃ不器用で下手くそな愛情表現だけど、愛情はあったんだなって、なんか安心したし、ちょっと嬉しくなった」

琴莉自身、父親の愛情を知らない。だから、見ず知らずの犯罪者ですら子どもへの愛情を抱いていたと考えることで、自分の父親にも娘への愛情があったと信じたいのかもしれない。

少ししんみりした空気を変えたのは、西野だった。

「琴莉っ！」

大声を上げながら婚約者に抱きつこうとする。

「ちょっと、やめて」

身体をひねって避ける琴莉は、ジョッキのビールがこぼれないか心配しているようだ。

「おれたち、幸せになろうな！　もしも子どもができたら、おれ、死ぬほど愛情注ぐから！」

「死なれたら困るよ」

「死なない程度のギリギリまで愛情注ぐから！」

「愛情を注ぎすぎて死にそうになる意味がわからないし。っていうか、こんなところでやめてってば！」

のしかかってくる西野の頬を右手一本で押し返しながら、左手のジョッキをテーブルに避難させる。

「おう。熱々だな。けっこうけっこう」

微笑ましげな筒井の隣で、綿貫が「これ、熱々っていうんですか」と笑っている。

「あふあふでふよ」と、思い切り頬を押されて顔を変形させながら、西野が目だけを動かす。

「ほほひ！　あひひへふよ！」

字面だとなにを言っているのかさっぱりなのに、音で聞くと「琴莉！　愛してるよ！」と言っているのがわかるのは、愛の力かもしれない。いや、人間の脳の優秀さのおかげだ。

「まあ素敵」とシオリが両手を頬にあて、絵麻は肩を揺らす。

「どんな顔で言ってるの」

なんだかんだで良い相性だと思う。辛い過去を持つ琴莉の空洞を埋めるには、西野のような裏表のない真っ直ぐさが必要だろう。

ついに西野が琴莉に抱きついた。

「やめて！」

左右に身体をよじって抵抗しながらも、琴莉の満面から『喜び』の感情があふれ出していた。

「いやあ。良い夜だな」

筒井がいつの間にか隣に並んでいる。かなり酔っていたようでいて、店を出ると意外にしっかりした足取りだった。むしろ前方でシオリに肩を貸してもらっている綿貫のほうが危なっかしく、自宅まで帰り着けるのか心配になる。

一同は二時間半ほど飲み食いした後、店を出て新橋駅のほうへと歩いている。そろそろ終電の時刻も近づいてきて、周囲にはいくつもの上機嫌なスーツのグループが、絵麻たちと同じ方角に向かっていた。

「ついに西野のやつも結婚とはな」

西野と琴莉は、綿貫たちのさらに前方を歩いている。肩を寄せ合い、楽しそうに会話する様子が仲睦(なかむつ)まじい。

「いまさらながら、いいのか」

からかい口調の筒井に、絵麻は鼻で笑った。

「安月給の地方公務員なんて、最初から眼中にありません」

正直、当初は複雑な気持ちもあった。しかし、いまは素直に祝福できる。あの二人ほどお似合いのカップルはいない。

「そういうこと言ってるから、後輩に先を越されるんだ」

「後でも先でも、大当たりをつかめば人生大逆転です」

「相変わらず口が減らねえ女だ。そういうとこじゃないか。男が寄ってこないのは」

「平気です。自分から寄ってくる男にろくなのはいないし、欲しいものは自分でつかみに行きますから」

　へっ、と鼻を鳴らされた。

「ところで」と、筒井が刑事の顔つきになる。

「今日は琴莉さんも同席していたので話せなかったが、彼女のアパートの放火犯が、あの楠木ゆりかに操られているっていうのは、本当なのか」

「楠木に面会してきました」

「やつはなんと？」

「認めようとはしませんでした。ですが――」

「なだめ行動が出ていた……か」

「はい」

「あの女、拘置所の中からでもいろいろ引っかき回してきやがるな。さっさと刑が執行されちまえばいいのに。この国は死刑囚を長生きさせすぎなんだ」

筒井がしかめっ面で肩をぐるぐると回す。

「楠木ゆりかの介在を、西野は？」

「話していません。楠木が黒幕とわかれば、自分が原因で琴莉ちゃんを危険に晒していると責任を感じるでしょうから」

「だな。下手すれば、琴莉さんを守るために別れると言い出しかねない」

琴莉だって、西野の重荷になりたくないと自ら身を引く可能性がある。そういう二人だ。

「ええ。ですから不本意ながら、筒井さんに協力をお願いしたんです」

「不本意なのかよ」と、筒井が顔をしかめる。

「おれだって、おまえの〈まじない〉を信じるのは不本意だ。だが、何人も殺した死刑囚なんかに、みすみすあの二人の幸せを壊させるわけにはいかない。不本意ながら協力するぜ」

「不本意同士ですね」

「まったくだ」

筒井が笑いながら差し出してきたこぶしに、絵麻は自分のこぶしをぶつけた。

「なにやってんすか」

五メートルほど先でシオリに肩を貸されて歩いていた綿貫が、こちらを振り返っている。西野と琴莉の後ろ姿は、さらにその数メートル先にあった。

「なんでもない」

筒井がさっさと行けという感じで、顎をしゃくった。

「気をつけてくださいよ。酔っ払ってコケて怪我なんて、かっこ悪いですから」

そう言いながら、自分がふらついている。

「おまえが気をつけろ。っていうか、林田。そんなやつ放っておけ」

「そんなわけにはいきません」

無駄に責任感を発揮したシオリが、綿貫を脇から押し上げるようにしながら体勢を立て直し、「ほら、行きますよ」と歩き出した。

「しょうがねえな。ったくよ」

筒井が心配そうにうかがっている。

ふと、十メートルほど先を歩いていた西野が足を止め、振り向いた。ほかのメンバーがちゃんとついてきているか確認したようだ。全員が揃っているのを確認し、ふたたび歩き始める。

筒井は言った。

「で、どうする。楠木が裏で糸を引いているとしても、直接手を下すことはできない。やつは東京拘置所だ」

「こちらから手を出すことはできないけど、裏を返せば向こうだって直接手を出すことはできないってことです。言葉巧みに人を操って、外の世界で嫌がらせをしている。だから……」

絵麻は眉間に力をこめた。

「あの女の手足をもいでやります」

「て、手足を……」

穏やかでない単語に、筒井が頬を引きつらせる。

「そう。手足をもいで、刑が執行されるまで身動きできなくしてやります」

アクリル板越しに高笑いする楠木ゆりかを脳裏に浮かべながら、絵麻は胸の内で燃えさかる怒りの炎に油を注いだ。

本書は書き下ろしです。
この物語はフィクションです。作中に同一の名称があった場合でも、
実在する人物・団体等とは一切関係ありません。

宝島社
文庫

ホワイ・ダニット　行動心理捜査官・楯岡絵麻
（ほわい・だにっと　こうどうしんりそうさかん・たておかえま）

2023年4月20日　第1刷発行

著　者　佐藤青南
発行人　蓮見清一
発行所　株式会社 宝島社
〒102-8388　東京都千代田区一番町25番地
電話：営業 03(3234)4621／編集 03(3239)0599
https://tkj.jp
印刷・製本　中央精版印刷株式会社

ISBN 978-4-299-04142-5